돌로 만들어진 남자

돌로 만들어진 남자

YA
12

할란 엘리슨 소설

이수현 옮김

MEFISTO IN ONYX

아작

일러두기

모든 주석은 옮긴이의 것입니다.

한 번. 나는 그녀와 딱 한 번 잠자리에 들었다. 그 전에도 그 후에도 11년을 친구 사이였는데, 그 건 그저 한순간 정신 나간 섹스에 불과했다. 신년 전야에, 굳이 나가서 한 무더기 멍청이들과 어울리 며 시끄럽게 굴고, 사실은 취해서 머저리들처럼 와 와거리고 천천히 움직이는 낯선 사람들에게 토하 고, 허비해야 하는 것 이상의 돈을 써버릴 뿐이면 서 즐겁게 시간을 보내는 척하지 않아도 되게, 우 리 둘이서만 대여점에서 빌린 막스 브라더스 비디 오를 보다가 벌어진 일이었다. 우리는 싸구려 샴페인을 좀 과하게 마셨고, 하포 막스를 보면서 웃다가 소파에서 굴러떨어지기를 너무 여러 번 했다. 우리는 동시에 바닥에 떨어졌고, 다음 순간에는 서로 얼굴을 문대고 있었으며, 내 손은 그녀의 스커트로 올라갔고 그녀의 손은 내 바지로 내려갔고….

하지만 딱 한 번이었단 말이다, 젠장! 별것도 아닌 섹스 한 번을 이용하려고 하다니! 그녀는 내가 달리 돈을 벌 방법이 하나도 없을 때만 다른 사람들의 정신에 관여한다는 사실을 알고 있었다. 아니면 내가 인간적으로 약해진 순간에 자신을 잊고 저질러버리거나.

그럴 때는 언제나 아주 안 좋았다.

세상에 존재했던 최고의 인물이라도, 예를 들어 성자 토마스 아퀴나스같이, 먹어 치울 수 있을 만큼(내 어머니의 표현을 바꿔 쓰자면 그렇다) 맑고 깨끗한 정신의 소유자다 싶은 굉장한 사람을 고르더라도 그 사람의 생각으로 들어갔다가 빠져나오면 소독약으로 오래오래 샤워를 하고 싶어질걸. 내 말 믿으라고.

내가 누군가의 심상 속을 유람할 때는 할 수 있는 일이 달리 없고, 다른 해결책이 없을 때라는 말을 믿어달란 말이다…. 아니면 인간적으로 약해진 순간에나 깜박하고 저지를 뿐이다. 예를 들자면 IRS가 내 발에 불을 붙이고 있다거나, 아니면 강도당하고 살해까지 당하기 직전이라거나, 아니면 데이트 중인 여자가 다른 사람의 더러운 주삿바늘을 쓰거나 철저한 AIDS 예방책을 취하지 않고 여러 사람과 자고 다녔는지 여부를 알아내야 할 때라거나. 아니면 함께 일하는 사람이 내가 실수를 하고 사장에게 안 좋은 모습을 보여서 다시 실업자가 되게 만들 함정을 궁리하고 있다거나, 아니면….

그 후에 몇 주 동안은 만신창이 꼴이다.

내부자 거래용 잡동사니 좀 긁어모으겠다고 심상 속을 여행했다가 번 돈은 없고 그 남자의 부정으로 진흙투성이가 되어 빠져나오면 며칠은 괜찮은 여자의 눈을 들여다볼 수가 없다. 모텔 데스크 직원에게서 방이 다 찼다고 정말 미안하다는 소리를 들었지만 다른 모텔을 찾으려면 50킬로미터를 더 운전해야 해서 그 직원 머릿속에 들어갔다가 '검둥이'라는 말이 잔뜩 들어간 네온사인이 밝혀져 있는 것을 발견하고 그 개새끼를 코피 나게 후려쳐버리면 그 후 3, 4주는 숨어 지내야 한다. 버스를 놓치기 직전이라 운전사 이름이라도 톰인지 조지인지 윌리인지 알아내서 잠시만 기다려달라고 외치려고 그 머릿속을 유람했다가는, 그 남자가 의사에게 좋다고 듣고는 지난달 내내 먹어댄 마늘 냄새에 얻어맞고 헛구역질이 나는 데다가, 거기서 빠져나왔을 때는 버스만 놓친 게 아니라 속까지 안 좋아서 지저분한 길바닥에 주저앉아 뒤틀린 속을 가라앉혀야 한다. 혹시 나를 속여서 싸게 고용하려는 게 아닌가 확인하려고 고용주 후보의 마음속을 들여다봤다가는 그 남자가 엄청난 산업 부정 은폐 행위에 가담하고 있음을 알게 된다. 이런저런 요령을 써서 싸게 만든 쇠고리나 태핏이나 짐벌이 산을 오르다가 제 기능을 못 해서 불쌍한 주인을 수천 미터 아래 곡소리 나는 파멸로 떨어뜨려서 수백 명을 죽인 사건이다. 그걸 알고 그 자리를 받아들이려고 해보라. 아무리

한 달 동안 집세를 못 냈다고 해도, 그럴 수는 없다.

그러니 이 규칙은 절대적이다. 나는 내 발이 튀겨질 때, 골목길을 돌고 또 돌아도 내 뒤를 쫓아오는 그림자가 계속 따라붙을 때, 물이 새는 샤워 꼭지를 수리하려고 고용한 작자가 바보 같은 미소를 지으며 예상가보다 360달러나 높게 부를 때만 남의 생각에 귀를 기울인다. 아니면 인간적으로 약해졌을 때만.

하지만 그 후에는 몇 주 동안 만신창이란 말이다. 몇 주 동안.

직접 유람해보기 전에는 사람들이 정말로 진짜로 어떤지 알 수가 없기 때문이다. 알 수가 없다. 절대로 알 수가 없다. 아퀴나스에게 나 같은 능력이 있었다면 아주 빨리 은둔자가 되어 가끔 양이나 고슴도치의 정신만 들여다보고 살았을 것이다. 그것도 인간적으로 약해진 순간에만.

내 평생을 통틀어 내가 '마음을 읽을 수 있다'는 사실을 아는 사람, 내가 그 정도로 가까워질 수 있었던 사람은 열한 명 내지 열두 명밖에 안 되는 이

유도 그래서다. 내가 기억할 수 있는 한 나는 다섯 살이나 여섯 살 때부터, 어쩌면 그보다 더 어렸을 때부터 마음을 읽었는데 말이다. 그중에서 그 사실을 나에게 나쁘게 이용하거나, 나를 이용하려 하거나, 내가 한눈팔고 있을 때 죽이려 덤빈 적이 없는 사람은 세 명이었다. 그 셋 중 두 명은 내 어머니와 아버지로, 만년에 아기인 나를 입양한 상냥한 흑인 노인 한 쌍인데 지금은 돌아가셨으며(아마 저세상에서도 아직 나를 걱정하고 계실 것이다) 정말 정말 그리운 분들이다. 특히나 이런 순간에는 더 그렇다. 다른 여덟, 아홉 명은 내가 1킬로미터 이내에도 들어가지 못하게 하거나(한 명은 아예 안전해지려고 다른 나라로 이사하기까지 했는데, 그 여자의 생각들은 본인이 생각하는 것보다 훨씬 형편없이 지루하고 순진했다), 소식을 끊거나, 내가 다른 데 정신이 팔렸을 때 무거운 물건으로 내리쳐 죽이려 하거나(아직도 비가 오기 이틀 전이면 어깨가 죽도록 쑤신다) 아니면 나를 이용해서 돈을 벌어보려고 했다. 내가 그 능력을 써서 떼돈을 벌 수 있었다면 대체 왜 대학을 떠나서 어른이 되기를 무서워하는 나 이 많은 대학원생처럼 근근이 살고 있겠냔 말이야. 그 정도는 상식적으로 알 수 있잖아.

그 사람들은 멍청한 머저리들이었지.

내 능력을 알고도 나에게 못되게 굴지 않은 셋 중에서 엄마와 아빠를 뺀 마지막 사람이 앨리슨 로슈였다. 5월 한중간, 수요일 오후 한중간, 앨라배마 주 클랜튼 한중간에서 내 옆 의자에 앉아서 올 아메리칸 버거에 케첩을 짜면서 그 망할 신년 전야의, 하포와 그 형제들을 보며 치렀던 성적인 사건의 대가를 요구하고 있는 바로 이 앨리슨 말이다. 요리사를 제외하면 식당에는 우리 둘뿐이었고, 앨리슨은 내 답을 기다리고 있었다.

"차라리 내 바지에 스컹크 스프레이를 뿌리겠어."

나는 그렇게 대답했다. 앨리슨은 냅킨을 한 장 뽑아서 깨가 뿌려진 빵에 튀어나온 붉은 케첩을 닦고 포마이카 조리대를 정돈했다. 그리고 짙고 빛나는 속눈썹 아래로 나를 쳐다보았다. 짜증스러운 표정과, 피고 측의 반항적인 증인에게 풀어놓으면 죽여주는 효과를 발휘했을 보라색 눈동자. 앨리슨 로슈는 제퍼슨 카운티의 지방검사 차장으로 앨라배마주 버밍햄에 사무실을 두고 있었다. 우리가 비밀리에 만나서 '올 아메리칸' 버거를 먹고 있는 클랜튼과 가까운 곳이었다. 샴페인을 좀 많이 마시고, 빌려온 1930년대 흑백 비디오 코미디를 보며 흑백 섹스를 나눈 아주 바보 같았던 신년 전야로부터 3년 후였다.

11년간 친구였다. 그리고 한 번, 딱 한 번이었다. 인간적으로 약해졌을 때 어떤 일이 일어나는지에 대한 탁월한 예였다. 훌륭한 섹스가 아니었다는 말은 아니다. 훌륭하기야 했지. 말도 못 하게 좋았다. 하지만 우린 다시는 섹스를 하지 않았다. 그리고 다음 날 아침에 눈을 뜨고 터져버린 정어리 캔을 보듯 서로를 바라보며 동시에 아 이런, 이라고 말해버린 순간 이후 다시는 그 화제를 꺼내지 않았다. 앨리슨의 기묘한 전화를 받고 나서 중간에서 만나려고 몽고메리에서부터 차를 몰고 와서 만난 이 지저분한 식당에서의 이 기념할 만한 오후 이전까지는 한 번도 말을 꺼내지 않았다.

요리사인 올 아메리칸 씨가 자기 카운터에 흑인이 앉았다는 사실을 좋아하는지 여부는 알 수 없었다. 하지만 나는 그의 머릿속에서 멀리 떨어져서 원하는 대로 생각하게 놔두었다. 바깥에서는 시대가 변했을지 몰라도 내부 심상은 오염된 채로 남아 있으니.

"그 사람과 얘기나 나눠달라는 것뿐이야."

앨리슨이 말하며 '그' 표정을 지었다. 나는 앨리슨의 그 표정에 죽어난다. 아주 솔직하지도 않지만, 그렇다고 아주 의뭉스러운 것도 아닌 그 표정은 우리가 침대에서 보낸 그 하룻밤의 기억을 불러낸다. 그리고 딱 그날 밤에 우리가 바닥에서, 소파에서, 식당과 주방 사이 커피 카운터에서, 욕조에서 보낸 시간과 삼나무와 순결의 냄새가 강하게 풍기던 키 큰 옷장 안에서 앨리슨의 끝없는 구두들 사이에 뒤엉켜 보낸 19분의 기억도 불러낼 만큼만 의뭉스러웠다. 앨리슨은 나에게 그 눈빛을 던지고, 그 기억의 어떤 부분도 낭비하지 않았다.

"난 그 작자와 얘기하러 가고 싶지 않아. 그놈이 인간쓰레기고, 나에겐 애트모어까지 내려가서 그 미치광이 개새끼의 병든 마음에 뛰어드는 거 말고도 할 일이 많다는 점을 빼더라도 말이야. 1990년에 해체해버린 원래 '옐로 마마'*도 더해서 그 전기의자에서 죽은 백 육칠십 명쯤 중에서 백 삼십 명 정도는 유색인 신사였다는 점을 상기시켜줄까. 지금 이 순간에 네 왼쪽에 있는 커피보다 많이 밝은 색깔은 아니었다 이거야. 물론 그 커피라는 건 날 말하는 거고, 내 몸으로 흑인성을 만끽하고 사는 특이하게 교육을 잘 받은 아프리카계 미국인으로서, 홀먼 교도소 같은 인종차별 '교정 시설'에 방문할 만큼 미치진 않았어. 고맙게도."

"말 다 끝났어?" 앨리슨은 입을 닦으며 물었다.

"그래. 끝났어. 사건 종결이야. 다른 사람 찾아."

앨리슨은 마음에 들어 하지 않았다.

"다른 사람이 없어."

---

* 앨라배마의 전기의자에 붙은 별명

"분명히 있을 거야. 어딘가에. 듀크 대학에 있는 연구 파일을 확인해봐. 포틴 소사이어티에 전화해봐. 멘사라든가, 제퍼디라든가, 900번대 점성술 영매 핫라인이라든가. 어딘가 반쯤 노망한 상원의원 중에 지난 5년간 이런 종류의 거지 같은 연구에 돈을 대자는 입법안을 주의회에 통과시키려 들었던 보좌관을 둔 사람이 하나쯤 있지 않겠어? 러시아인들은 어떨까… 사악한 제국은 무너졌으니까, 키를리안 오라나 그놈들이 작업하던 뭔가에서 거둔 성공에 대해 한마디쯤 끌어낼 수 있을 거야. 아니면….""

앨리슨은 있는 힘껏 고함을 질렀다.

"그만해, 루디!"

요리사가 그릴을 긁던 주걱을 떨어뜨렸다. 그는 주걱을 다시 집어 들고 우리를 쳐다보았는데, 그 얼굴에는(마음을 읽은 게 아니다) 이 백인년이 한 번만 더 소리를 지르면 경찰을 부르겠다고 쓰여 있었다.

내가 요리사에게 달갑지 않은 눈빛을 던지자,

그는 퇴근 후에 몰려올 사람들을 위한 준비 작업으로 돌아갔다. 하지만 그의 등이 당기는 모양과 머리 각도는 이 일을 그냥 지나치지 않겠다고 말하고 있었다.

나는 앨리슨 쪽으로 몸을 기울이고 최대한 진지하게, 그리고 정말 조용하고 부드럽게 말했다.

"내 좋은 친구 앨리, 내 말 들어. 넌 오랫동안 내가 믿을 수 있는 얼마 없는 친구였어. 우리 사이엔 쌓인 시간이 있고, 넌 단 한 번도 내가 괴물처럼 느껴지게 굴지 않았어. 그러니 좋아, 널 믿어. 나에게 말도 못 하게 욕이 나오는 고통을 일으키는 문제에 있어서 널 믿어. 날 죽일 수도 있는 문제에서 말이야. 넌 한 번도 날 배신한 적 없고, 날 이용하려 든 적도 없었어.

지금까지는 그랬어. 이번이 처음이야. 그리고 넌 혹시 네가 가진 돈을 도박으로 다 잃었는데 깡패들에게 백만 달러를 빚졌다고 하면서 깡패들에게 총 맞아 죽지 않게 베가스나 아틀란틱 시티로 여행 가서 게임에 이길 수 있도록 우쭐거리는 포커

플레이어들 몇 사람 마음속을 유람해달라고 한다
해도 이것보다는 합리적이라는 걸 인정해야 해. 실
제로 그런 소릴 한다면 그것도 꽤 소름 끼치겠지
만, 그것도 지금 이것보다는 이해하기 쉬울 거야!"

앨리슨은 쓸쓸한 얼굴이었다.

"다른 사람이 없어, 루디. 부탁이야."

"이게 도대체 무슨 일이야? 말 좀 해봐. 넌 뭔가
를 숨기고 있어. 아니면 뭔가 말을 하지 않거나, 거
짓말을…."

"난 거짓말 안 해!"

앨리슨은 벌써 두 번째로 갑자기, 완전히, 심하
게 화를 냈다. 그녀의 목소리가 하얀 타일 벽에 튀
었다. 요리사는 그 소리에 몸을 홱 돌리고 우리 쪽
으로 한 발자국 다가왔고, 난 그의 심상 속에 쓱 들
어가서 물결치는 인조 잔디를 매만지고 폭풍운을
걷어낸 후 잠시 담배 한 대 피우러 나가면 어떻겠
냐고 제안했다. 다행히도 이 늦은 오후에 올 아메
리칸 버거에는 다른 고객이 없었고, 그래서 요리사
는 밖으로 나갔다.

"제발 진정 좀 해줄래?" 내가 말했다.

앨리슨은 종이 냅킨을 구겨서 공처럼 뭉쳤다.

앨리슨은 거짓말을 하고, 숨기고, 뭔가를 감추고 있었다. 텔레파시 능력자가 아니라도 그 정도는 알 수 있었다. 나는 둔하고 조심스러운 불신을 담아 앨리슨을 보면서 기다렸고, 마침내 그녀가 한숨을 내쉬자 생각했다. '이제 나오겠군.'

"내 마음을 읽고 있어?" 앨리슨이 물었다.

"날 모욕하지 마. 우린 서로를 안 지 오래됐잖아."

앨리슨은 유감스러운 얼굴이었다. 눈동자의 보라색이 짙어졌다. "미안해."

하지만 그녀는 말을 잇지 않았다. 바로 측면 공격이 올 줄 알았는데 말이다. 나는 기다렸다.

잠시 후에 그녀는 조용히, 아주 조용히 말했다.

"난 그 사람과 사랑에 빠졌나 봐. 그 사람이 결백하다고 할 때 난 그 말을 믿어."

이건 예상 못 했다. 나는 대꾸조차 할 수 없었다.

믿을 수가 없었다. 존나 못 믿을 소리였다. 앨리슨은 바로 그 헨리 레이크 스패닝을 살인으로 기소

한 지방검사 차장이었다. 살인사건 하나도 아니고, 어쩌다 우발적으로 벌어진 살인도 아니고, 토요일 밤에 한순간 열이 치솟아 죽였다가 일요일 아침에 깊이 뉘우치는 그런 살인도 아니었다. 그런 살인이라 해도 앨라배마 주권국에서는 전기의자에 앉을 수 있었지만, 이 경우는 그게 아니라 앨라배마 역사에서, 영광스러운 남부 역사에서, 어쩌면 미합중국 역사에서 가장 불쾌하고 역겨운 연쇄 살인이었다. 어쩌면 무고한 남자와 여자와 아이들의 헛된 피에 허리까지 잠겨 있는 끔찍한 인간 우주의 역사 전체에서도 최악일지 몰랐다. 헨리 레이크 스패닝은 괴물이었고, 걸어 다니는 질병이었으며, 양심도 없고 우리가 좋은 의미로 인간이라고 부를 만한 존재와 닮은 구석이라곤 없는 살인 기계였다.

헨리 레이크 스패닝은 여섯 개 주를 가로지르며 살육을 해댔다. 경찰은 헌츠빌의 어느 슈퍼마켓 뒤에 있는 대형 쓰레기통 안에서 그자를 잡았는데, 당시에 그는 65세 청소원 여성의 남은 부분에 타블로이드 신문들조차도 형언할 수 없다는 말 외에는 명확하게 서술하지 않는 불쾌하고 비인간적인 짓을 하고 있었다. 그리고 어떻게인지 그는 경찰들에게서 벗어났다. 그리고 어떻게인지 포위망에서도 빠져나갔다. 그리고 어떻게인지 범인 수색의 책임을 맡은 경위가 어디에 사는지 알아냈다. 그리고 어떻게인지 그 경위가 바리케이드를 치고 있을 때 그 동네에 들어가서 그 아내와 두 아이의 배를 갈랐다. 가족이 키우는 고양이까지 죽였다. 그런 다음에는 버밍햄과 디케이터에서 몇 명 더 죽였고, 그 무렵에는 완전히 정신이 나가 있어서 경찰에게 다시 잡혔는데, 이 두 번째에는 경찰도 그놈을 단단히 잡고 재판까지 끌고 갔다. 그리고 앨리슨이 이 밑바닥 인생 괴물을 담당했다.

그리고 아, 그 얼마나 굉장한 서커스였는지. 두 번째로 잡힌 건 제퍼슨 카운티였고, 이번에는 가장 구역질 나는 살인 세 건의 현장에서 제대로 잡혔지만, 그자는 앨라배마의 67개 카운티 중에서 22개 카운티에서 살인을 저질렀다(그자가 범인일 수밖에 없는 것이, 역겨울 정도로 범행 수법이 비슷했다). 그리고 모두가 자기네 관할에서 놈을 재판에 세우고 싶어 했다. 게다가 그놈이 총 56명의 사망자를 내며 살해하고 다닌 다른 다섯 개 주도 있었다. 모든 주가 범인 인도를 받고 싶어 했다.

그래서 똑똑하고 신속하며 일 처리 매끄러운 검사 앨리는 이렇게 했다. 어떻게인지 법무장관과 터놓고 이야기하는 자리를 마련해서 그 보라색 눈이라는 무기를 장관에게 써먹고, 어떻게인지 장관의 귀를 붙잡아서 법적인 전례를 만들도록 했다. 앨라배마주 법무장관은 앨리슨 로슈가 스패닝에 대한 다수의 기소장을 통합, 확보하여 앨라배마에서 일어난 29건의 살인을 한 번에 재판할 수 있도록 허락했다. 앨리는 주 최고 법원들에 세심한 서류를 제출하여 헨리 레이크 스패닝이 사회에 너무나 뚜렷하고 현재적인 위험이므로 검찰 측은 승자 독식 재판 관할지 통합을 시도하는 모험을(큰 모험이다!) 무릅쓰겠다고 했다. 그런 다음에 투표를 갈망하는 다른 스물한 개 카운티의 검사들을 모두 달래고, 모두의 눈이 부실 만한 재판을 펼쳤다. 앨리가 통합안을 내놓은 순간부터 다중 기소장의 적법성에 대해 꽥꽥거리던 스패닝의 변호사마저도 말을 잃을 정도였다.

그리고 앨리는 29건의 기소 조항 모두에 대해 빠른 유죄 평결을 얻어냈다. 배심원 평결 다음에 이어지는 판결 내용에서도 멋진 결과를 얻었고, 다른 다섯 개 주에서 일어난 27건의 살인사건도 노골적으로 똑같은 트레이드마크를 붙이고 있다는 점을 증명했다. 그러고 나니 56건의 살인사건을 두고 스패닝을 '옐로 마마'로 보낸다는 선고밖에 남지 않았다.

주 전체에서 여론 조사가 지지하고 유력 인사들은 앨리를 더 높은 자리로 보내야 한다고 중얼거리는 가운데 스패닝은 홀먼 교도소의 신형 전기의자에 앉을 예정이었다. 매사추세츠 보스턴의 프레드 A. 로이터 어소시에이츠가 만들어 240분의 1초에 2,640볼트의 순수하게 불꽃 튀는 죽음을 전하는 의자로, 두뇌가 감지하는 데 걸리는 40분의 1초라는 시간보다 여섯 배가 빠르고, 두뇌를 파괴하는 데 드는 700볼트의 세 배가 넘는, 내 의견을 말하자면 그것은 헨리 레이크 스패닝 같은 고름 덩어리에는 너무 인도적인 퇴장 방법이었다.

그래도 우리가 운이 좋다면, 그리고 예정된 사망일은 아주 가까웠으니, 우리가 운이 좋다면 곧, 세상에 조물주와 정의와 자연 질서와 다른 모든 좋은 것들이 있다면 헨리 레이크 스패닝이라는 이 오물, 이 오염물, 오직 파괴하기 위해서만 산 이 물건은… 누군가가 꽃밭에 뿌릴 잿가루로 끝날 터였다. 그 정도가 이 악귀가 인류에게 쓸모가 있을 유일한 기회일 것이다.

그게 내 친구 앨리슨 로슈가 나보고 앨라배마 애트모어에 있는 홀먼 교도소에 가서 '얘기를' 나눠보라는 남자였다. 사형수 감방에 앉아서 그 미쳐버린 머리통에 난 털을 박박 깎고 바지가 잘린 채 혀가 양 내장처럼 시커멓게 튀겨지기만 기다리는…. 내 친구 앨리슨은 내가 그 홀먼 교도소에 가서 귀상어 정도를 빼면 살해를 위해 만들어진 가장 끔찍한 생물 중 하나와 '얘기를 나누기'를 원했다. 귀상어 쪽이 헨리 레이크 스패닝보다는 인간적인 품위를 훨씬 많이 지니고 있을 텐데도 말이다. 텔

레파시 능력자 씨, 가서 잡담 좀 나누고, 그놈의 심
상에 들어가서 마음을 읽어. 그 놀랍고도 전설적인
초감각적 인지 능력을 써봐. 나를 평생 쓸모없는
부랑자로 만든 이 훌륭하고 멋진 능력을 발휘하라
이거지. 아니, 정말로 부랑자라는 건 아니다. 나에
겐 괜찮은 아파트도 있고, 안정적이진 않아도 괜찮
은 생계를 꾸리고 있다. 그리고 난 나보다 큰 문젯
거리를 안은 여자와는 절대 얽히지 말라는 넬슨 올
그런*의 경고를 따르려고 하는 편이다. 가끔은 내
차가 있을 때도 있었다. 지금은 그렇지가 않아서
내 카마로는 압류당했고, 해리 딘 스탠튼이나 에밀
리오 에스테베즈의 영화 캐릭터에게 빼앗긴 것도
아니었지만, 어쨌든 부랑자라는 건 말하자면… 앨
리가 뭐라고 하더라? 아 그렇지, 내가 '내 강력하고
온전한 잠재력을 깨닫지 못하고 있다'는 의미에서
부랑자, 내가 일자리를 계속 유지하지 못하고, 불
쾌한 휴식기를 계속 가지며, 나 같은 가난한 검둥

---

* 시몬 드 보부아르의 연인이었던 미국 소설가

이 청년이 기대할 수 있는 것보다 훨씬, 세실 로즈 본인이라도 가슴을 펴고 자랑스러워할 만큼의 로즈 장학생 교육을 받았음에도 그렇다는 의미에서 부랑자다. 그래 나는 대체로 부랑자다. 뛰어난 로즈 장학금 교육을 받고 친절하고 영리하며 사랑 넘치는 부모님(양부모님이긴 하지만… 아니지, 특히나 양부모니까 더욱)을 두고도 말이다. 그분들은 유일한 자식이 편안한 삶을 누리지도 못하고 평범한 결혼을 하지도 못하며 이 특별한 개인적 공포를 물려주지 않을까 두려워하는 일 없이 자식을 키울 수가 없어서 떠돌아다니는 괴짜로 살게 되리라는 슬픈 사실을 알고 돌아가셨다. 노래와 이야기 속에서는 놀랍게 그려지는 나의 이 능력, 나 말고는 아무도 갖고 있지 않은 것 같은 이 능력을 가진 다른 사람이 분명 어딘가에, 언젠가는, 어떻게인가 존재할 텐데! 가라, 불가사의 중의 불가사의 씨, 현대 세계의 반짝이는 검은 칼리오스트로*, 잘 속는 멍청이

---

* 이탈리아의 여행가이자 사기꾼, 신비주의자이자 연금술사였던 주세페 발사모의 별명

들과 비행접시를 믿는 얼간이들이 최소 50년간 존재한다는 사실을 증명하려고 애썼던 이 멋지고 훌륭한 능력을 발휘하러 가라. 나처럼, 유일무이한 이 몸 같은 방식으로 고립될 수 있는 사람은 아무도 없었으니. 고립에 대해 말해볼까, 형제들이여. 여기 내가 있다. 여기 나 루디 패리스가 있어…. 그저 평범한 남자, 가끔 이 훌륭하고도 믿기 힘든 ESP*로 몇 푼 벌면서 30년밖에 안 된 심상 유람 인생에서 지금까지 13개 주 26개 도시 주민으로 산 나, 루디 패리스, '난 네 마음을 읽을 수 있어' 씨가 세상 절반에게 겁을 준 살인자의 마음속에 들어가보라는 요청을 받고 있다. 그것도 하필이면 내가 안 된다고 말할 수 없는 유일한 사람에게서. 아, 이 자리에서 말해두는데, 난 안 된다고 하고 싶었다. 매 순간 안 된다고 말하고 있었다. 뭐라고? 하겠냐고? 그럼, 물론이지, 홀먼 교도소에 가서 그 병든 개새끼의 심상 속을 유람해볼게. 그러고말고. 어차

---

*   Extrasensory perception, 초감각적 지각

피 둘 중 하나였다. 가망이 거의 없거나, 아예 없거나.

이 모든 생각이 기름진 더블 치즈버거 하나와 커피 두 잔이 놓인 공간에서 지나갔다.

최악은, 앨리가 어떻게인가 그놈과 얽혔다는 점이었다. 앨리가! 어느 골빈 여자도 아니고… 앨리가 말이다. 믿을 수가 없었다.

여자들이 감옥에 있는 남자들과 얽히고, 그들의 '마법 주문'에 떨어지는 일이 드물지는 않았다. 서신 교환으로 시작해서 면회를 가고, 사탕과 담배를 보내주고, 부부 방문을 하고, 노새 노릇을 하면서 탐폰도 들어가지 않을 곳에 마약을 밀수해 들어가고, 감옥에 쓰는 편지는 점점 더 특이해지고, 점점 더 친밀해지고, 관능적이 되어가고 점점 더 감정적으로 종속되고… 그렇게 대단한 일도 아니었다. 그 현상만 다룬 정신의학 서적도 존재한다. 경찰에게 열광하는 여자들에 대한 논문과 나란히 말이다. 정말로 대단한 일이 아니다. 매년 수백 명이 그런 남자들에게 편지를 쓰고, 면회를 가고, 구름 속 성을 쌓고, 성교도 하고, 그중 최악의 남자들도, 그러니까 강간범과 여자 때리는 놈들과 어린아이 괴롭히는 놈들, 저질 중의 저질인 반복적인 소아성애 범죄자들, 살인자들과 식권을 빼앗겠다고 나이 많은 여자들의 머리를 짓뭉갠 노상강도들, 테러리스트와 사기꾼들이… 어느 화창한 날에, 분홍빛 구름이 떠다니는 날에 이런 미치광이들이 감옥 벽 안에서 나와서 자유의 몸이 되어 9시부터 5시까지 일하는 정직한 남자가 될 거라, 고결한 기사 갤러해드[*] 변신할 거라 믿는 척한다. 매년 수백 명의 여자가 그런 자들과 결혼해서 순식간에 약삭빠르고 불성실하며 거짓말이나 일삼는 더러운 인간 말종들에게 속았음을 알게 된다. 자기들이 가끔 보내는 시간을, 간간이 보내는 바깥에서의 자유를 사람들을 속이고, 훔치고, 쥐어짜고, 속여서 도구로 삼고, 마지막 1센트까지 갈취하고 행복한 집도 멀쩡한 정신도 두 번 다시 믿거나 사랑할 능력도

[*] 아서 왕 전설에 등장하는 원탁의 기사로, '결코 타락하지 않는' 고결한 기사로도 알려져 있다.

앗아가는 데 쓰는 습관에 중독된 그런 놈들에게 말이다.

하지만 내 앞의 이 사람은 가난하고 교육도 못 받은 순진하고 미숙한 여자가 아니었다. 앨리슨이었다. 법적으로 불가능한 일을, 즉 다른 다섯 개 주의 법무장관을 구슬려서 주 경계선을 넘어서 수십 장의 기소장을 통합함으로써 '기괴한 법리학'에 다가간다고 하는 일을 달성하기 직전이었다! 한 번도 이루어진 적이 없는 일이었다. 그리고 이제는 아마 영원히 영원히 이루어지지 않으리라. 하지만 앨리슨은 그런 일을 달성할 수 있었단 말이다. 법정 관계자가 아니라면 그게 어떤 산봉우리인지 알 수가 없을 것이다!

그런데 그 앨리슨이 지금 여기에서 나에게 이런 개소리를 하고 있다. 나를 백 번은 지지해준 내제일 친한 친구 앨리. 어디 바보도 아니고, 강철 같은 눈빛을 한 '자살 계곡의 보안관', 마흔이 넘어 순진할 나이도 지났고, 볼 장 다 봐서 굳세면서도 냉소적이지는 않고, 단단하지만 모질지 않은 실용적인 여성이 말이다.

"난 그 사람과 사랑에 빠진 것 같아."

그 앨리슨이 말했다.

"그 사람이 결백하다고 할 때 난 그 말을 믿어."

그렇게 말했다.

나는 앨리슨을 쳐다보았다. 시간은 흐르지 않았다. 아직 우주가 드러누워 죽기로 결정한 그 순간이었다. 그리고 나는 말했다.

"그러니까 네가 정말로 이 미덕의 화신이 56건의 살인에 책임이 없다고 확신한다면… 56건이라는 것도 우리가 아는 숫자만이고, 열두 살 때부터 저질렀던 모양이니 대체 얼마나 더 죽였을지 알 수가 없지만… 게다가 같이 앉아서 소름 끼쳐 하면서 나한테 그놈에 대해 온갖 이야기를 했던 건 기억해? 아무튼, 네가 전기의자에 보내려고 11주를 보낸 이 남자가 지구의 절반을 죽여댄 범죄를 저지르지 않았다는 데 그렇게 확신이 있다면, 그렇다면 내가 왜 애트모어까지 차를 몰아 홀먼 교도소에 가서 그 멋진 남자 머릿속에 뛰어들어야 하는데?

네 '여자의 직감'이 그놈이 뽀득뽀득하게 깨끗하다고 말해주는 거 아니야? '진정한 사랑'이 충분히 확실한 걸음걸이로 사랑스러운 엉덩이를 흔들며 꽃길을 걷는 거 아니냐고?"

"재수 없게 굴지 마!"

"다시 말해볼래?" 나는 존나 믿기지 않는 기분으로 대꾸했다.

"그렇게 입만 산 건방지고 재수 없는 놈처럼 굴지 말라고 했다!"

이제 나는 제대로 화가 났다.

"그래, 내가 재수 없게 굴면 안 되지. 난 네 조랑말이고 과시용 애완견이고 귀여운 속임수용 독심술사 괴짜지! 콜먼까지 차를 몰고 가, 패리스. 지옥에서 똑바로 시골 흰둥이들 사이로 들어가면 돼. 다른 검둥이들과 같이 사형수 감방에 궁둥이 붙이고 앉아서 지난 3년간 거기 갇혀 있던 흰둥이 하나랑 얘기 좀 나눠봐. 씨발 뱀파이어의 왕과 사이좋게 앉아서, 그 쓰레기통 같은 머릿속에 들어가서 그놈이 뇌라고 부르는 끓는 똥구덩이에 뭐가 있는지 읽어봐. 아이고 얼마나 즐거울까. 나한테 이런 일을 부탁하다니 믿을 수가 없네. 그러고는 그놈이 널 곤란하게 만드는 건 아닌지 알아보라 이거지. 난 그러기만 하면 되는 거야. 맞아? 재수 없게 구는 대신 말이지. 내가 제대로 알아들었나? 내가 네 말뜻을 제대로 읊었어, 친구?"

앨리슨이 일어섰다. 앨리슨은 패리스 이 개새끼야! 소리조차 하지 않았다.

그저 있는 힘껏 때렸다.

내 입가에 제대로 스트레이트를 먹였다.

윗니가 아랫입술을 파고들었다. 피 맛이 났다. 머리가 교회종처럼 울려댔다. 나는 그 망할 의자에서 떨어졌던 것 같다.

눈에 초점을 다시 맞췄을 때 앨리슨은 그 자리에 그대로 서서 몸 둘 바를 모르고, 실망하고, 미친 듯이 화가 나는데, 나를 죽인 건 아닐까 걱정하는 얼굴이었다. 동시에 그 모든 게 다 있었다. 더해서 내가 자기 장난감 기차를 부순 것 같은 얼굴이기도 했다.

"알았어." 나는 진력이 나서 말하고는, 내 엉덩이 뒷주머니까지 내려갈 한숨으로 말을 끝맺었다. "알았어, 진정해. 보러 갈게. 한다고. 걱정하지 마."

앨리슨은 앉지 않았다. "다쳤어?"

"설마 그럴 리가." 나는 얼굴에 미소를 띠려 했지만 실패했다. "뇌를 흔들어서 무릎에 떨어뜨린다고 다치기야 하겠어?"

앨리슨은 내가 카운터에 불안정하게 매달려서 의자에 비틀비틀 앉는 동안 옆에 서 있었다. 똘똘 뭉친 종이 냅킨을 꼭 쥐고, 얼굴에는 자기도 바보가 아니라고, 우린 오랫동안 서로를 알고 지냈고 전에는 한 번도 나에게 이런 부탁을 한 적이 없지 않냐고, 우리가 정말 친구이고 내가 자기를 사랑한다면 나도 자신이 깊은 고통에 시달리고 있음을 알 것이라고, 자신이 갈등에 시달리고 있으며, 알아야 한다는 사실을, 의혹의 여지 없이 알아야 한다는 사실을 알 거라고 말하는 표정을 짓고 있었다. 그러니 신의 이름으로(앨리슨은 믿고 나는 믿지 않지만 아무래도 상관없는 그 신 말이다) 이 일을 해달라, 그냥 이 일을 해주고 더는 헛소리를 하지 말아 달라는 표정이었다.

그래서 나는 어깨를 으쓱이고 갈 곳 없는 사람처럼 두 손을 펼치며 말했다.

"어쩌다가 이런 상황에 빠졌어?"

앨리슨은 절대 비웃어선 안 될 비극적이고 마음 따뜻해지는 사연의 첫 15분을 선 채로 늘어놓았다. 나는 15분이 지나고 나서 말했다.

"제발 좀 앉아, 앨리! 손에 기름 묻은 냅킨을 쥐고 그렇게 서 있으니까 정말 바보 같아."

10대 청소년 한 쌍이 들어왔다. 우리의 4성급 요리사는 담배를 다 피우고 돌아와서 든든하게 자리를 차지하고 널판지를 걸어 다니며 미국적이기 그지없는 동맥 경화 음식을 담고 있었다.

앨리슨은 멋들어진 서류가방을 집어 들더니 한마디 말도 없이 고갯짓으로 최대한 멀리 가자는 뜻을 전했다. 우리는 창가 2인석으로 자리를 옮겨서, 부주의하고 무모한 유색인 남성이 비밀스럽고 설득력 있으며 영리하고 호색적인 다른 피부색의 여성에게 흔들렸을 때 가능한 다양한 사회적 자살 방법에 대한 논의를 재개하기로 했다.

그러니까, 대충 이렇다.

저 서류가방을 봐라. 이 앨리슨 로슈가 어떤 앨리인지 알고 싶은가? 주의를 기울여봐라.

뉴욕에서 광고 중역이 되고 싶은 누군가가 돈 다발을 던져가며 세상에 방귀 좀 뀌려면, 자기 피부색에서 벗어나고 싶으면, 세상에 뭔가 보여줘야 하면, 모두에게 자기가 뭔가 있다는 걸 보여줘야 하면 제일 처음 하는 일이 시내 중심가의 바니스 백화점에 가서 버버리 코트를 하나 사고, 벨트는 가볍게 뒤에 늘어뜨리고 코트 앞을 열어젖힌 채 사무실을 일주하는 것이다.

(반면) 댈러스에서는, CEO의 부인이 경영진 부부 여섯에서 여덟 쌍과 함께 격의 없는 척 친근한 식사를, 그러니까 지정석도 없고 앙트레 포크도 없고 다른 격식도 없는 식사를 누릴 때면, 그러니까 여기에서 우리는 콩코드 대신 버진에어를 타는 여자를 말하는 건데, 그렇게 당당한 사람은 오레포

스 그릇은 쓰지도 않고, 코스타보다 그릇을 내놓고 신경도 안 쓸 수 있다.

그렇게 당당한 사람이란, 그렇게나 자신을 편안하게 여기는 사람이란 불쌍하고 멍청한 누군가가 아르마니 수트를 입고 잰체한다고 비웃을 필요도 없고, 침실을 로라 애슐리로 꾸며놓았다고 비웃지도 않으며, 누가 《TV 가이드》에 글을 쓴다고 신경쓰지도 않는다. 무슨 말인지 알겠는가? 앨리슨 로슈 같은 사람이란, 저 서류가방만 한번 보면 앨리슨이 얼마나 강한 사람인지 알 만큼 알게 된다. 저 가방은 하트만이 아니라 아틀라스란 말이다. 이 점을 이해해야 한다. 앨리슨은 하트만 가방을, 가방 중 최고의 가방인 그 황홀한 캐나다 수입산 벨트 가죽을 살 수 있다. 아마 950달러쯤은 할 텐데, 그 가방은 오레포스나 버버리, 뿔닭의 가슴살, 무통 로쉴드의 1492년산이나 1066년산 아니면 언제든 제일 비싼 연도 와인, 벤틀리 대신 롤스로이스를 모는 것과 맞먹는 신호로 작용한다…. 그러나 앨리슨은 그런 식으로 보여줄 필요가 없고 과시할 필요가 없기에, 이런 아틀라스 가방을 가지고 다닌다. 부동산 판매인으로 일하는 이혼녀라면 다 가지고 다니는 마크 크로스나 시시한 루이비통도 아니고, 아틀라스를 말이다. 아일랜드 수제 가죽, 관습대로 무두질한 소가죽을 IRA 폭파범이 아일랜드에서 손으로 무두질한, 아주 세련된 가방이다. 이거야말로 절제된 선언이다. 저 서류가방이 보이는가? 왜 내가 하겠다고 했는지 이제 알겠어?

앨리슨은 발치의 카운터 벽에 기대두었던 그 가방을 집어 들었고, 우리는 요리사와 10대 커플에게서 멀리 떨어진 창가 2인석으로 갔으며, 앨리슨은 빤히 보다가 내 마음가짐이 갖춰졌다는 확신이 들자 하던 이야기를 이었다.

앨리슨은 벽에 걸린 기름 낀 대형 시계로 이후 23분 동안, 앉은 자세로 이야기했다. 정확하게는 다양한 앉은 자세였다. 앨리슨은 창밖에 보이는 세상이 달갑지 않아 더 좋은 전망을 바라는 사람처럼 의자에서 계속 이리저리 움직였다. 이야기는 열세 살에 있었던 윤간으로 시작해서 마구잡이로 흘러

갔다. 두 번의 망가진 위탁 가정, 대리 아빠들의 가벼운 애정, 행복의 대안으로 완벽한 학교 성적을 받기 위해 열심히 했던 공부, 존 제이 법대 고학, 20대 후반에 시도했던 행복한 결혼의 불완전한 결말, 그리고 앨라배마에까지 오게 된 길고 비참한 법조인으로서의 성공. 뭐 앨라배마보다 더 나쁜 곳도 있었을 테지만.

나는 앨리슨을 오래 알고 지냈고, 우리는 몇 주, 몇 달 이상을 함께 보내기도 했다. 막스 브라더스 영화를 보며 보냈던 신년 전야는 말할 것도 없고 말이다. 그런데 지금 이야기는 대부분 못 들은 내용이었다. 전혀 듣지 못했던 내용이었다.

우습지 않은가. 11년을 알았단 말이다. 그러니 내가 뭐라도 짐작하거나 의심했을 줄 알겠지. 대체 상대에 대해 사실은 아무것도 모르면서, 친구라고 생각하게 되는 이유는 뭘까?

우린 뭘까, 꿈속을 걷는 걸까? 바꿔 말하면, 도대체 우린 무슨 생각을 하고 사는 거지?

그리고 어쩌면 이 모든 앨리슨에 대해, 진짜 앨

리슨에 대해 들을 이유가 하나도 없었을지도 모른다. 그러나 지금 앨리슨은 나에게 가고 싶지 않은 곳에 가서, 죽도록 무서운 일을 해달라고 부탁하고 있었고, 그래서 최대한 정보를 제공하고 싶어 했다.

그러고 보니 불현듯 같은 11년 동안 앨리슨도 루디 패리스가 왜, 무엇을 위하여 이렇게 사는지 제대로 명료하게 이해하지 못했다는 생각이 떠올랐다. 그 점에서는 나 자신이 미웠다. 감추고 망설이고 조각조각 파편만 알려주고, 정직했다간 아프겠다 싶으면 매력을 악용하고… 나는 머리가 잘 돌아가고 이해가 빠른 사람이었다. 그리고 나는 앨리슨의 고통과 고역에 해당하는 모든 요소를 묻어버렸다. 솔직하게 앨리슨과 어울릴 수도 있었을 텐데, 앨리슨의 우정을 잃을까 봐 겁에 질린 채로 남아 있었다. 나는 결코 무제한의 우정이라는 신화를 믿을 수가 없었다. 그건 너무나 빠르게 흐르는 차가운 강물에 허리까지 잠겨서 서 있는 것 같았다. 그것도 미끄러운 돌을 밟고서 말이다.

앨리슨의 이야기는 스패닝을 기소한 시점까지 왔다. 모든 증거를 너무나 철저하고 신중하고 빈틈없이 모으고 조사하고 분류하고, 눈부시게 사건을 지휘하고, 배심원단이 29건 모두에 대해 유죄 판결을 냈다. 곧 56건 전체에 대해서도 그렇게 될 것이다. 1급 살인. 계획된 1급 살인. 특별히 불쾌한 상황에서 계획된 1급 살인. 29건 전체에 대해 그렇게 판결이 났다. 한 시간도 걸리지 않았다. 점심 휴식조차 없었다. 배심원단이 모든 혐의에 유죄 평결을 가지고 돌아오는 데 51분이 걸렸다. 살해된 사람 한 명당 1분도 걸리지 않은 셈이었다. 앨리슨이 그런 일을 해냈다.

변호사는 56번째 살해(앨라배마에서는 29번째 사건에 불과했지만)와 헨리 레이크 스패닝 사이에는 직접적인 연결고리가 인정되지 않았다고 반론했다. 최후의 희생자였던, 교구 학교에 다니다가 버스를 놓치고는 디케이터에 있는 집에서 2킬로미터도 떨어지지 않은 곳에서 스패닝에게 걸려든 열 살짜리 거닐라 애셔의 갈가리 찢어진 몸뚱이 옆에 무릎을 꿇고 내장을 빼다가 잡힌 게 아니지 않냐고 말이다. 그렇다, 붉게 물들어 끈적해진 손에 캔 따개를 들고 무릎을 꿇은 채는 아니었다. 하지만 범행 수법은 같았고, 당시 디케이터에 있었으며, 헌츠빌에서 저지른 사건으로 도망치는 중이었다. 헌츠빌의 쓰레기통에서 그 나이 든 여자에게 같은 짓을 하다가 잡혔던 때 이후로 말이다. 그러니까 그들은 아직 김이 오르는 거닐라 애셔의 시체에 매끈하고 가느다란 손을 넣고 있는 스패닝을 잡지는 못했다. 그래서 어쩌라고? 스패닝이 연쇄살인범이고, 괴물이며, 그 방식이 너무나 역겨워서 신문들조차도 '교살자'니 '뒷마당 도살자'니 하는 잘난 별명을 붙일 엄두를 내지 못하는 파괴적인 악몽이라는 사실을 이보다 더 확신할 수가 없는데 말이다. 배심원단은 51분 만에 속이 안 좋은 얼굴로, 마치 자기들이 보고 들은 모든 것을 머릿속에서 몰아내려고 애를 쓰고 또 쓰겠지만 절대 그럴 수 없으리라는 사실을 알고 이번 사건에서만은 시민의 의무에서 벗어나게 해달라고 신에게 빌었다는 듯한 얼굴로 돌아왔다.

그들은 발을 끌며 돌아와서 망연자실한 법정에 말했다. 이봐, 이 끈적끈적한 구더기 덩어리를 의자에 앉히고 시나몬 토스트에 얹어서 아침 식사로 내놓기 딱 좋을 정도로 튀겨버려, 라고. 그것이 내 친구 앨리슨이 사랑에 빠졌다고 말하는 남자였다. 이제는 결백하다고 믿게 되었다는 남자였다.

이건 정말 미친 짓이었다.

"그래서 어쩌다가 그, 어, 그러니까 그런…?"

"어쩌다가 그 남자를 사랑하게 됐냐고?"

"그래. 그거."

앨리슨은 잠시 눈을 감고, 다루기 힘든 단어 떼를 잃어버렸는데 어디에서 찾아야 할지 모르겠다는 듯 입술을 오므렸다. 나도 앨리슨이 사생활을 중시하는 사람이고, 아주 중요한 과거를 간직하고 있다는 정도는 알았다. 지금까지는 그 강간 사건이나 어머니와 아버지 사이에 솟아난 얼음산, 7개월짜리 결혼에 대해 알지 못했지만 말이다. 잠시 남편이 있었다는 정도는 알았다. 그러나 무슨 일이 일어났는지는 몰랐다. 그리고 위탁 가정에 대해서도 알기는 했지만, 그게 얼마나 형편없었는지는 몰랐다…. 그렇다 쳐도, 지금 앨리슨에게서 이 광기가 어디에서 왔는지 알아낸다는 건 예수님의 손목에 박힌 못을 입으로 빼내려는 것과 같았다.

마침내 앨리슨이 말했다.

"난 찰리 윌보그가 뇌졸중으로 쓰러졌을 때 사건을 넘겨받았고…."

"기억나."

"윌보그는 검찰 최고의 기소자였고, 디케이터에서 경찰이…." 앨리슨은 멈칫하고 힘들어하다가 말을 이었다. "…스패닝을 잡기 이틀 전에 윌보그가 쓰러지지만 않았더라면, 모건 카운티가 이런 거대한 사건에 대해 걱정하다 못해 버밍햄에 있는 우리에게 스패닝을 넘기지만 않았더라면… 모든 일이 너무나 빨리 일어나서 아무도 그 사람과 이야기를 나누지 못했고… 그 근처에라도 간 사람은 내가 첫 번째였어. 다들 그 사람에게, 다들 생각한 그 사람의 정체에 너무 겁에 질려 있었으니까…."

"다들 환각에 빠져 있었다는 거야?" 나는 재수 없게 굴었다.

"닥쳐."

"내가 첫 면담을 나눈 이후 단조롭고 고된 일 처리 대부분은 검찰에서 했어. 나에게는 큰 기회였지. 그리고 난 그 기회에 매달렸어. 그래서 첫 면담 이후 난 스팽키와 실제 시간을 별로 보내지 못했어. 가까이 접근한 적도 없었고, 그 사람이 실제로 어떤 사람인지 이해도…."

내가 말했다. "스팽키? 대체 '스팽키'는 누구야?"

앨리슨은 얼굴을 붉혔다. 홍조가 콧구멍 양옆에서 시작되어 눈을 향해 올라가더니 머리카락이 있는 곳까지 번졌다. 11년을 알고 지내면서 이런 모습은 몇 번밖에 보지 못했고, 그중 한 번은 앨리슨이 오페라에서 방귀를 뀌었을 때였다. 〈람메르무어의 루치아〉였지.

나는 다시 말했다. "스팽키라고? 이거 당황스러운데. 그 남자를 스팽키라고 불러?" 홍조가 짙어졌다. "〈악동클럽〉에 나오는 뚱뚱한 애처럼 말이지…. 맙소사, 믿기지가 않는다!"

앨리슨은 나를 노려보기만 했다.

웃음이 치밀어올랐다.

얼굴이 실룩거리기 시작했다.

앨리슨은 다시 일어섰다.

"관둬. 관두라고, 알았어?"

앨리슨은 테이블에서 문을 향해 두 걸음을 디뎠다.

나는 웃음을 터뜨리지 않으려고 노력하며 그 손을 잡고 다시 끌어당겼다.

"알았어 알았어 알았다고…. 미안해…. 정말 진짜 진심으로 미안해…. 떨어진 우주 실험실에 맞을 확률에 맹세코 정말 100퍼센트 절대적으로 미안해…. 하지만 너도 인정은 해야지…. 그런 식으로 불시에… 이봐, 앨리… 스팽키라니! 적어도 쉰여섯 명을 죽인 남자를 스팽키라고 불러? 왜 미키나 프로기나 알팔파는 아니고…? 벅윗이라고 부르지 않는 건 이해가 가. 그건 날 위해 아껴둘 수도 있어. 하지만 스팽키?"

곧 앨리슨의 얼굴도 실룩거리기 시작했다. 조금 더 지나자 앨리슨은 웃지 않으려고 안간힘을 쓰면서도 미소를 짓고 있었고, 또 조금 지나자 깔깔거리며 빈손으로 나를 때려댔다. 그러더니 손을 풀고는 제대로 웃음을 터뜨렸다. 그리고 1분쯤 지나자 다시 자리에 앉았다. 그리고 똘똘 뭉친 냅킨을 나에게 던졌다.

"그 사람이 어렸을 때 별명이야. 뚱뚱한 아이여서 다들 놀렸대. 아이들이 어떤지 알잖아…. 그 아이들은 텔레비전에서 〈악동클럽〉을 방영했기 때문에 스패닝을 '스팽키'로 변질시켰고… 아, 입 다물어, 루디!"

나는 겨우 웃음을 그치고, 달래는 몸짓을 했다.

앨리슨은 분개해서 내가 더는 바보 같은 농담을 날리지 않을 거라는 확신이 들 때까지 조심스럽게 지켜보다가 다시 말했다.

"페이 판사가 선고를 내린 후, 난 검찰에서 스패… 헨리의 사건을 항소심 단계까지 처리했어. 헨리의 변호사들이 애틀랜타 11번 순회재판구에 항소했을 때 감형에 반대한 것도 나였지.

항소심에서 3대 0으로 지고 나자 난 헨리의 변호사들이 앨라배마 대법원에 상고하는 걸 도왔어. 그리고 대법원에서 항소 요청을 거부하자, 다 끝났다고 생각했지. 주지사 탄원을 제외하면 더 해볼 일이 없다는 걸 알았거든. 하지만 주지사에게는 탄원이 들어가지 않았어. 그래서 난 이걸로 끝이라고 생각했어.

그런데 3주 전 대법원이 항소를 거부했을 때, 난 헨리에게 편지를 한 통 받았어. 다음 주 토요일이 처형일로 잡혀 있는데, 왜 날 보고 싶어 하는지 이해할 수 없었지."

나는 물었다. "그 편지는⋯ 어떻게 너에게 가게 된 거야?"

"헨리의 변호사 한 명이 전해줬어."

"변호사들은 포기한 줄 알았는데."

"나도 그런 줄 알았어. 증거가 너무 압도적이었거든. 변호사 여섯 명은 물러날 핑계를 찾아냈지. 어떤 변호사에게든 좋은 홍보거리가 아니었으니까. 헌츠빌 윈딕시 주차장에 있었던 목격자 수만 해도… 50명은 됐을 거야, 루디. 그리고 모두가 같은 장면을 봤지. 몇 번을 줄 세워 보여줘도 모두 헨리를 지목했어. 20명, 30명, 필요하다면 50명까지도 퍼레이드를 할 수 있었을 거야. 그리고 나머지는 다….”

나는 한 손을 들어 올렸다. 안다고, 허공에 손바닥을 들어서 말했다. 다 앨리슨이 말해준 내용이었다. 내가 토하고 싶어질 때까지, 소름 끼치는 세부 사항을 다 말해줬었다. 어찌나 생생하게 전해줬는지 내가 직접 저지른 일처럼 느껴질 정도였다. 그에 비하면 내 텔레파시 현기증도 유쾌했다. 어찌나 속이 뒤집히는지 생각조차 할 수 없을 정도였다. 인간적으로 약해진 순간이라 해도.

“그래서 변호사가 너에게 편지를 전했고….”

“너도 누군지 알 거야. 래리 볼란이라고, 미국시민자유연맹에 있던 변호사야. 예전에는 몽고메리에서 앨라배마 의회 법률 고문으로 일했지. 대법원에도 두 번인가, 세 번인가 섰지 아마? 굉장한 사람이야. 그리고 쉽게 속지 않는 사람이기도 해."

"그런데 그 사람이 이 모든 일에 대해 어떻게 생각하길래?"

"헨리가 결백하다고 생각해."

"모든 사건에 대해서?"

"전부 다."

"하지만 사건 하나에만 사심 없는 무작위 증인이 50명이나 있었어. 네가 방금 말했잖아. 50명이라고. 50명으로 퍼레이드도 할 수 있었다면서. 그 사람들이 다 단호하게 헨리를 지목했어. 마지막에 잡았을 때 디케이터에서 죽은 그 학생도 포함해서 다른 55건과 동일한 수법이었고. 그런데 래리 볼란이 헨리가 범인이 아니라고 생각한다고?"

앨리슨은 고개를 끄덕였다. 우스꽝스럽게 입술을 오므리고는, 어깨를 으쓱이고, 고개를 끄덕였다.

"아니래."

"그러면 살인자는 아직 돌아다니고 있다는 거야?"

"볼란은 그렇게 생각해."

"넌 어떻게 생각하는데?"

"나도 같은 생각이야."

"맙소사, 앨리. 무슨 소리야! 넌 쉬는 시간까지 일했어! 살인자가 아직 바깥에 돌아다니고 있다지만, 스패닝이 감옥에 있었던 3년 동안은 스패닝 비슷한 살인사건이 하나도 없었잖아. 그건 뭐라고 할 건데?"

"그건 누군지는 몰라도, 그 사람들을 다 죽인 게 누군지는 몰라도 우리보다 훨씬 똑똑하다는 뜻이야. 완벽한 백수에게 자기 범죄를 뒤집어씌우고는 다른 주로 달아나서 잘 살고 있거나, 아니면 여기 앨라배마에 조용히 도사린 채 기다리며 지켜보고 있다는 뜻이지. 웃으면서 말이야."

앨리슨의 얼굴이 비참함에 축 처지는 것 같았다. 앨리슨은 울기 시작했다.

"나흘 후면 웃음을 거둘 수 있을 거고."

나흘 후면 토요일 밤이다.

"좋아, 진정해. 나머지 얘길 계속해줘. 볼란이 찾아와서 스패닝의 편지를 읽어달라고 애걸했고, 그리고…."

"애걸하지 않았어. 그저 나에게 편지를 주면서 헨리가 무슨 말을 썼는지는 자기도 모르지만, 날 오래 알고 지냈다고, 내가 공정하고 품위 있는 사람이라고 생각한다고, 그러니 우정의 이름으로 그 편지를 읽어주면 고맙겠다고 했지."

"그래서 그 편지를 읽었구나."

"읽었어."

"우정이라. 볼란과 좋은 친구 사이였나 본데. 너와 내가 좋은 친구 사이였던 것처럼?"

앨리슨은 깜짝 놀라서 나를 쳐다보았다.

나도 나를 놀라서 쳐다본 것 같다.

"대체 그건 어디서 튀어나온 소리람." 내가 말했다.

"그러게. 대체 어디서 튀어나온 소리야?"

앨리슨이 바로 되받아쳤다. 나는 귀가 시뻘게졌고, 어떻게 앨리슨이 우리가 막스 브라더스 관람 중에 저지른 짓은 지렛대로 써도 괜찮은데 내가 그 문제로 짜증을 내는 건 괜찮지 않냐고 말할 뻔했다. 다행히 나는 입을 다물었고, 이번만은 어떻게 넘어갈지 알았다.

"굉장한 편지였나 봐?"

앨리슨이 이 모든 일이 정리된 후에 내 멍청한 발언에 대해 어느 정도 갚아줘야 할지 가늠하는 동안 긴 정적이 흘렀다. 그리고 머릿속에서 결산을 끝낸 앨리슨은 그 편지에 대해 말했다.

그 편지는 완벽했다. 살인자를 전기의자에 앉히려는 복수자의 관심을 끌 수 있는 편지라면 오직 그 편지뿐이리라. 그 편지는 56이 마법의 숫자가 아니라고 했다. 많고도 많은 다른 주에 풀리지 않은 사건이 많고도 많다고 했다. 미아와 가출 청소년들, 설명하기 힘든 실종 사건들, 노인들, 봄방학에 새러소타에 가려고 히치하이크하는 대학생들, 야간 금고에 낮의 수입을 넣으러 갔다가 저녁 식사에 나타나지 않은 가게 주인들, 비닐봉지에 담겨 온 사방에 조각조각 흩어진 창녀들, 그리고 번호가 붙지도 않고 이름이 붙지도 않은 죽음 죽음 죽음들. 그 편지는 56건은 시작에 불과하다고 했다. 그리고 다른 누구도 아닌 앨리슨 로슈가, 내 친구 앨리가 홀먼 교도소에 와서 자기와, 그러니까 헨리 레이크 스패닝과 이야기를 나눠준다면 그 모든 미해결 사건을 다 해결하도록 돕겠다고 썼다. 국가적인 명성. 미해결 사건의 복수자. 최고의 미스터리들을 해결.

"그래서 넌 그 편지를 읽고 홀먼에…."

"처음에는 아니었어. 바로 가진 않았지. 난 헨리가 유죄라고 믿었고, 3년 넘게 그 사건을 다루다 보니 헨리가 빈자리를 메꿀 수 있다고 말한다면 그럴 수 있는 게 확실하다고도 생각했어. 하지만 마음에 들지 않았지. 법정에서 난 피고석에 있는 그 사람 근처에만 가도 늘 불안했어. 그 사람 눈이 말이야, 절대 나에게서 떨어지질 않는 거야. 파란 눈이었어, 루디. 내가 그 얘길 했던가…?"

"아마도. 기억은 안 나. 계속해."

"그렇게 파란 눈은 본 적이 없어…. 음, 솔직히 말하면 난 그냥 그 사람이 무서웠어. 난 그 사건에서 정말 간절히 이기고 싶었어, 루디. 넌 절대 모를 거야…. 그냥 나나 내 경력이나 정의를 위해서도 아니고, 그 사람이 죽인 모든 사람에 대한 복수를 위해서도 아니고, 그저 그 남자가 그 새파란 눈으로, 재판이 시작된 순간부터 내내 날 쳐다보던 그 파란 눈으로 거리를 돌아다닌다는 생각만 해도…, 그 남자가 풀려난다는 생각만 해도 울부짖는 개처럼 사건을 몰아치게 되더라. 난 빨리 그 남자를 치워버려야 했던 거야!"

"그런데 그 공포를 극복했구나."

앨리슨은 내 말에 실린 날카로운 조소를 좋아하지 않았다.

"맞아. 난 마침내 '내 공포를 극복'하고 그 남자를 만나러 가기로 했지."

"그래서 그놈을 봤고."

"그래."

"그리고 그놈은 다른 살인에 대해 조또 몰랐겠지. 그렇지?"

"그래."

"그렇지만 말을 잘했겠지. 눈은 파랗고도 파랬고."

"그래, 이 재수야."

나는 클클 웃었다. 누구나 누군가에게는 바보다.

"이건 또 얻어맞지 않게 아주 조심스럽게 물어 봐야겠는데 말이야. 그놈이 허풍을 쳤고 거짓말을 했다는 것, 긴 미해결 범죄 명단 같은 건 없다는 걸 알았을 때 왜 바로 일어서서 서류가방 챙겨 들고 뛰쳐나오지 않은 거야?"

앨리슨의 답은 간단했다.

"잠시만 있어 달라고 애걸하더라고."

"그게 다야? 애걸했다고?"

"루디, 그 사람에겐 아무도 없었어. 아무도 있었 던 적이 없어."

앨리슨은 마치 내가 돌로 만들어졌다는 듯 나를 쳐다보았다. 현무암 조각이나 흑요석 동상, 흑 석류석을 깎아 만든 사람 모양, 검댕과 재를 뭉쳐 서 만든 기둥을 보듯이 말이다. 앨리슨은 어떤 방 법으로도, 아무리 가련하거나 용감하게 표현하더 라도 내 돌 같은 표면을 꿰뚫을 수 없을까 봐 두려 워했다.

그러더니 앨리슨은 내가 결코 듣고 싶지 않았 던 말을 했다.

"루디…."

앨리슨이 말하리라고는 상상도 하지 못했던 말을 했다. 백만 년이 지나도 그런 일은 없을 줄 알았던 말을.

"루디…."

앨리슨은 나에게 할 수 있는 가장 끔찍한 말을, 연쇄살인범과 사랑에 빠졌다는 것보다 더 지독한 말을 했다.

"루디… 안으로 들어가서… 내 마음을 읽어…. 네가 알아야 해. 네가 이해해줘야 해… 루디…."

앨리슨의 표정이 내 마음을 죽였다.

나는 안 된다고, 제발 그러지 말라고, 그것만은 아니라고, 부탁이니 그것만은, 그것만은 시키지 말라고, 나에게 그런 부탁을 하지 말라고, 제발, 난 들어가고 싶지 않다고, 우린 서로에게 정말 많은 의미가 있지 않냐고, 난 네 심상을 알고 싶지 않다고 말하려고 했다. 날 더러운 사람으로 만들지 마, 난 관음증이 아니야, 널 엿본 적 없어, 네가 샤워하고 나오는 모습을 훔쳐본 적도 없고, 옷을 벗는 순간이나 섹시한 순간을 흘끔거린 적도 없어…. 네 사생활을 침해한 적 없어. 그런 짓은 안 한다고…. 우린 친구고, 난 다 알 필요가 없고, 네 마음속에 들어가고 싶지 않아. 누구의 마음속에든 들어갈 수 있지만 그건 언제나 끔찍해…. 제발 내가 널 싫어하게 될지 모르는 것들을 보게 하지 말아줘. 너는 내 친구야. 제발 나에게서 그걸 빼앗지 말아줘….

"루디, 부탁이야. 해줘."

아, 예수님 부처님 알라신이시여, 앨리슨이 그 말을 또 했어!

우리는 그 자리에 앉아 있었다. 우리는 그렇게 앉아 있었다. 그리고 계속 앉아 있었다. 나는 두려움에 차서 쉰 목소리로 말했다.

"그냥… 그냥 나한테 말해줄 순 없어?"

앨리슨의 눈이 돌을 바라보았다. 돌로 만들어진 남자를. 나를. 그리고 내가 무심코 할 수 있는 일을 하게끔 부추겼다. 파우스트를 유혹하는 메피스토, 아니 메피스토펠레스, 메피스토펠레, 메포스토필리스처럼 나를 유혹했다. 검은 돌로 빚어진 파우스

투스 박사가, 마음을 읽는 마법 능력을 지닌 교수가 윤기 흐르는 숱 많은 속눈썹과 보라색 눈동자와 갈라진 목소리와 손을 얼굴에 올리고 고개를 기울이는 애원의 몸짓과 가련하게 비는 제발이라는 말 한마디와 오직 나에게만 존재하는 모든 죄책감에 넘어갔다. 일곱 악마 중에서도 메피스토는 '빛을 사랑하지 않는' 자였으니.

나는 그것이 우리 우정의 종말임을 알고 있었다. 그러나 앨리슨은 나에게 도망칠 구석을 남겨주지 않았다. 마노로 깎은 메피스토여.

그래서 나는 앨리슨의 심상에 뛰어들었다.

★

나는 그곳에 10초도 머물지 않았다. 내가 알 수 있는 모든 것을 알고 싶지는 않았다. 그리고 앨리슨이 나를 정말로 어떻게 생각하는지는 절대로 알고 싶지 않았다. 그 안에서 퉁방울눈에 발을 끌며 걷는 입술 두꺼운 깜둥이 캐리커처를 본다면 견딜 수 없을 터였다. 만딩고 남자, 게으름 검둥이 루디 패….

맙소사, 내가 무슨 생각을 하고 있었던 건지!

그 안에 그런 건 없었다. 전혀! 앨리슨에게 그런 건 전혀 없었다. 나는 그 안에서 미쳐버릴 것 같아서, 완전히 돌아버릴 지경이 되어서 10초도 버티지 못하고 나왔다. 그걸 막아버리고, 죽여버리고, 비워버리고, 버려버리고, 거부하고, 짓누르고, 꺼버리고, 가려버리고, 닦아내버리고, 없었던 일처럼 해버리고 싶었다. 엄마와 아빠에게 갔다가 두 분이 섹스하는 모습을 보고 하나도 몰랐던 일로 해버리고 싶은 순간처럼 말이다.

그래도 이해하기는 했다.

그곳, 앨리슨 로슈의 심상 속에서 나는 어떻게 앨리슨의 심장이, 그녀가 헨리 레이크 스패닝이 아니라 스팽키라고 부르는 남자에게 반응했는지 보았다. 그 속에서 앨리슨은 그 남자를 괴물의 이름이 아니라, 연인의 이름으로 불렀다. 나는 그 남자가 결백한지 아닌지 몰랐지만, 앨리슨은 그 남자의 결백을 알고 있었다. 처음에는 앨리슨도 그저 대화를 주고받을 뿐이었다. 고아로 자란 경험에 대해. 그리고 이용당하고 물건 취급당한 이야기에, 어떻게 다른 사람들이 그의 품위를 앗아가고 내내 두려움에 질려 있게 만들었는지에 대한 이야기들을 이해할 수 있었다. 어떻게 스팽키가 늘 혼자였는지도 이해했다. 도망쳐 다닌 시간들. 야생동물처럼 잡혀서 이 집, 저 수용시설, 아니면 고아원에 처박히며 "널 위해서"라는 소리를 들어야 했던 일들. 말털 브러시와 잿물 비누, 회색 물이 가득한 양철통을 가지고 돌계단을 닦다가 손가락 사이의 부드러운 피부가 뻘겋게 벗겨지고 아파서 주먹을 쥘 수도 없었던 일.

앨리슨은 나에게 어떻게 자신의 심장이 반응했는지 말하려 했다. 그런 일에 적합하지 않은 언어로라도 설명해보려고 했다. 나는 그 비밀스러운 풍경 속에서 필요한 만큼 보고, 스패닝이 비참한 인생을 살았음에도 괜찮은 인간으로 성장했음을 알았다. 그 사실은 앨리슨이 스패닝과 얼굴을 맞대고, 증인석을 사이에 두지도 않고 적대적인 관계도 없이, 법정과 방청석과 몰래 돌아다니면서 스패닝의 사진을 찍는 타블로이드 기생충들 없이 대화를 나누자 드러났다. 앨리슨은 그의 고통을 알아보았다. 앨리슨 자신의 고통도, 그와 같지는 않아도 비슷했다. 그렇게 강렬하지는 않아도 같은 종류의 고통이었다.

앨리슨은 그를 조금 알게 되었다.

그리고 다시 만나러 갔다. 인간적인 연민에서. 인간적으로 약해진 순간에.

그러다가 마침내 앨리슨은 증거를 모조리 검토하기 시작했다. 그의 관점에서 보기 위해, 그의 상황 설명을 받아들여서. 그리고 모순점들이 있었다. 이제는 그게 보였다. 이제는 검찰의 마음으로 그 모순을 외면하고, 스패닝을 몰아붙일 방식으로 재구성하지 않았다. 이제는 그에게 아주 작은 진실의 가능성을 부여했다. 그리고 사건은 이전처럼 명백해 보이지 않았다.

그 무렵, 그녀는 그와 사랑에 빠졌음을 인정해야 했다. 그 온화한 성정은 꾸며낼 수 없는 것이었다. 거짓 상냥함이라면 충분히 겪어봐서 알고 있었다.

나는 기꺼이 앨리슨의 마음속을 떠났다. 그래도 최소한 나는 이해했다.

"그러면?" 앨리슨이 물었다.

그래, 그러면 이제 어쩌나. 이제 나는 이해했다. 그리고 금이 간 유리 같은 앨리슨의 목소리가 나에게 알렸다. 앨리슨의 얼굴이 나에게 알렸다. 내 마법 여행이 어떤 진실을 전해줬는지 밝히기를 기다리며 기대감에 입술을 벌리는 모습. 뺨에 손바닥을 대는 모습. 그 모든 것이 나에게 알렸다. 그리고 나는 말했다.

"그래."

그다음에는, 우리 사이에 정적이 내려앉았다.

잠시 후에 앨리슨이 말했다.

"난 아무것도 못 느꼈어."

나는 어깨를 으쓱였다.

"느낄 게 없었을 거야. 몇 초 들어갔을 뿐이니까."

"다 보지 않은 거야?"

"응."

"그러기 싫어서?"

"그건…."

앨리슨은 미소 지었다.

"이해해, 루디."

아, 그래? 정말 이해해? 그거 잘됐군. 그리고 내 목소리가 말했다.

"아직 섹스는 안 했고?"

내가 앨리슨의 팔을 뜯어냈더라도 그보다는 덜 아팠을 것이다.

"오늘 네가 그런 질문을 던지는 게 두 번째야. 처음에도 썩 마음에 들진 않았지만, 이번에는 더 별로야."

"내가 네 머릿속에 들어가길 바란 건 너야. 내가 그런 여행을 하겠다고 한 게 아니라고."

"그래서 들어가 있었잖아. 충분히 둘러보고 알지 않았어?"

"그런 건 찾아보지 않았어."

"어찌나 소심하고 비겁하고 형편없는지…."

"아직 답을 못 들었습니다, 변호인. 답변은 간단

히 예 아니요로 해주시죠."

"웃기지 마! 그 사람은 사형수 감방에 있어!"

"방법은 있어."

"네가 그걸 어떻게 알아?"

"친구가 하나 있었거든. 샌라파엘에. 타말이라
고 하는 곳 말이야. 리치먼드에서 다리를 건너서,
샌프란시스코 약간 북쪽에."

"샌쿠엔틴 주립교도소 말이구나."

"그래, 거기."

"그 친구라는 사람은 펠리칸 베이에 있었던 거
아니었어?"

"다른 친구야."

"캘리포니아에서 감옥에 들어갔던 친구가 많기
도 하다."

"인종차별 국가잖아."

"그런가 봐."

"하지만 샌쿠엔틴은 펠리칸 베이가 아니야. 그
둘은 전혀 달라. 타말에서 아무리 힘들어 봤자 초
승달 도시에서는 더 지독하거든. 완전히 고립된 감

옥이란 건 말이야."

"샌쿠엔틴에 있었던 '친구' 얘긴 한 번도 안 하
더니."

"내가 한 번도 말 안 한 건 많아. 그렇다고 내가
모른다는 뜻은 아니지. 난 큰 사람이야. 많은 걸 품
고 있고."

우리는 말없이 앉아 있었다. 나와 앨리슨, 그리
고 시인 월트 휘트먼 세 명이서. 우리는 싸우고 있
다고 생각했다. 같이 영화를 보고 토론하는 가짜
싸움이 아니라, 불쾌한 싸움이었다. 아주 불쾌하고
기억에 남을 싸움이었다. 이런 싸움은 아무도 잊지
못한다. 순식간에 지저분하게 변하고, 절대 주워
담지 못할 쓰레기 같은 말을 던지고, 절대 용서하
지 않고, 우정이라는 장미에 궤양을 심어서 다시는
똑같아 보이지 않게 만드는 그런 싸움.

나는 기다렸다. 앨리슨은 더 말하지 않았다. 그
리고 나는 명확한 대답을 얻지 못했지만, 헨리 레
이크 스패닝이 앨리슨과 갈 데까지 갔다는 확신은
얻었다. 그리고 분석하고 해부해서 이름을 붙이기

는커녕 보고 싶지도 않은 감정적 아픔을 느꼈다. '흘려보내.' 나는 생각했다. 11년 동안 한 번, 딱 한 번이었잖아. 그 일은 그대로 두고 모든 추한 생각들이 그렇듯 늙고 시들어 제대로 죽게 두자.

나는 말했다. "좋아. 그러면 난 애트모어로 갈게. 그 남자는 나흘 후에 구워질 테니까, 아주 가까운 미래에 해달라는 의미겠지. 아주 빨리. 이를테면 오늘."

앨리슨은 고개를 끄덕였다.

"그런데 난 어떻게 들어가지? 법대생이라고 해? 기자라고 해? 래리 볼란의 새 조수로 따라가? 아니면 너와 같이 들어가? 뭐라고 해야 하는 거야, 가족 친구? 앨라배마주 교정국 대리인? 내가 '희망 프로젝트'에서 나온 수감자 대리인이라고 꾸밀 수도 있겠지."

"그보다 훨씬 나은 방법이 있어." 앨리슨은 말했다. 예의 미소와 함께. "훨씬."

"그래, 분명히 그렇겠지. 그런데 나는 왜 갑자기 걱정이 들지?"

앨리슨은 아직 미소를 떠올린 채로 아틀라스 가방을 무릎에 올렸다. 가방을 열고, 풀이 붙지는 않았지만 닫혀 있는 작은 종이봉투를 꺼내어 테이블 위로 나에게 밀었다. 나는 봉투를 열고 내용물을 흔들어 꺼냈다.

영리했다. 아주 영리했다. 그리고 이미 필요한 곳에 내 사진을 넣고 내일 목요일 아침으로 승인 날짜까지 찍힌 완벽한 진품이었다.

"어디 맞춰볼까. 목요일 아침이 사형수 감방 수감자들이 변호사를 만나는 시간이야?"

"사형수 감방에서 가족 방문은 월요일과 금요일이야. 헨리에겐 가족이 없어. 변호사 방문은 수요일과 목요일이지만, 오늘은 장담할 수가 없었어. 너에게 연락하기까지 며칠이 걸렸고⋯."

"난 바빴어."

"⋯어쨌든 수감자들은 수요일과 목요일 아침에 변호사와 상담을 해."

나는 서류와 플라스틱 카드를 톡톡 두드렸다.

"이건 정말 영리한데 말이야. 내 이름과 내 잘생

긴 얼굴이 이미 여기, 플라스틱 안에 들어가 있네. 이걸 준비한 지 얼마나 된 거야?"

"며칠 됐어."

"내가 계속 싫다고 했으면 어쩌려고?"

앨리슨은 대답하지 않았다. 그저 예의 그 표정만 다시 지었다.

"마지막으로 한 가지만."

나는 내가 아주 심각하다는 사실을 분명히 하기 위해 아주 가까이 몸을 기울이고 말했다.

"시간이 얼마 없어. 오늘이 수요일이야. 내일은 목요일이고. 그런데 토요일 자정이면 그 사람들이 컴퓨터가 제어하는 쌍둥이 스위치를 누를 거야. 내가 그 사람 심상에 뛰어들었다가 네가 옳다는 사실을 알아내면, 그러니까 완전히 결백하다는 사실을 알아내면 그때는 어떻게 할 거야? 그 사람들이 내 말에 귀를 기울일까? 마법의 독심술을 지니고 맹렬히 떠들어대는 검둥이 말을 들을까? 그럴 것 같진 않은데. 그러면 어떻게 할 거야, 앨리?"

"그 부분은 나한테 맡겨." 앨리슨의 얼굴은 매서

웠다. "네 말마따나, 방법은 있어. 도로도 있고 경로도 있고, 어디에서 사야 할지만 알면 번개도 구할 수 있지. 사법부의 힘. 다가오는 선거. 거둬들일 만한 은혜."

나는 말했다. "그리고 민감한 코 밑에 피울 비밀들?"

"넌 그냥 돌아와서 나에게 스팽키가 사실을 말하고 있다고만 해주면 돼." 내가 웃기 시작하자 앨리슨은 미소를 지었다. "그러면 일요일 0시 1분의 세상에 대해서는 내가 걱정할게."

나는 일어나서 서류들을 봉투에 다시 집어넣고, 그 봉투를 옆구리에 꼈다. 나는 앨리슨을 내려다보고 최대한 부드러운 미소를 보이며 말했다.

"스패닝에게 내가 마음을 읽을 수 있다고 미리 말해두는 속임수는 쓰지 않았겠지."

"내가 그럴 리가 없잖아."

"안 그랬다고 말해줘."

"그 사람에게 네가 마음을 읽을 수 있다고 하지 않았어."

"거짓말."

"너 혹시…?"

"그럴 필요도 없었어. 네 얼굴에 빤히 보여, 앨리."

"그 사람이 알면 문제가 될까?"

"전혀. 난 그 망할 놈이 알건 모르건, 차갑건 뜨겁건 상관없이 읽을 수 있어. 3초만 들어가보면 그놈이 다 저지른 짓인지, 가담만 한 건지, 하나도 안 한 건지 알게 될 거야."

"난 그 사람을 사랑한다고 생각해, 루디."

"그 말은 이미 했어."

"하지만 널 함정에 빠뜨릴 마음은 없어. 난 알아야 해…. 그래서 너에게 부탁하는 거야."

나는 대답하지 않았다. 나는 그저 미소만 보였다. 앨리슨이 그놈에게 말했다. 그놈은 내가 간다는 사실을 알고 있다. 하지만 잘된 일이었다. 앨리슨이 미리 알리지 않았다면 전화를 해서 알리라고 했을 것이다. 그놈이 경계하면 할수록 그 심상을 초토화시키기는 쉬워진다.

나는 빨리 배우는 사람이다. 배움이 빠른 수준을 훌쩍 넘어선다. 불가타 라틴어는 1주일에 떼고,

표준 약전은 사흘이면 외운다. 펜더 베이스는 주말 이틀이면 익히고, 애틀랜타 팔콘스의 플레이북은 한 시간이면 주파한다. 그리고 인간적으로 약해진 순간, 피가 쏟아지고 배가 뒤틀리는 월경이라도 겪는 듯한 기분일 때는, 2분이면 족하다.

사실 누군가가 부글부글 끓는 죄책감의 구덩이와 수치심에 십자가형 당한 시체들을 숨기려고 노력하면 할수록, 내가 그 사람들의 심상에 적응하는 속도는 더 빨라진다. 거짓말탐지기 검사를 받는 사람이 초조해져서 땀을 흘리기 시작하면 피부의 전기 반응이 올라가고, 피하려고 하면 할수록 더 수상하고 수상하고 수상해지다 못해 윗입술에 맺힌 땀만으로 채소밭을 적시겠다 싶어지듯이. 나에게 감추려고 하면 할수록… 더 드러내게 되고… 나는 더 깊이 들어갈 수 있게 된다.

아프리카 속담에 이런 말이 있다. '죽음은 북을 두드리며 오지 않는다.'

왜 그 순간 그 속담이 다시 떠올랐는지는 모를 일이다.

★

설마하니 감옥 행정에 훌륭한 유머 감각을 기대하는 사람은 없을 것이다. 그런데 홀먼 교도소에는 그게 있었다.

그들은 저주받을 괴물을 성처녀처럼 입혀놓았다.

하얀 면바지에 목까지 단추를 채운 하얀색 반소매 셔츠, 하얀 양말. 네오프렌인가 싶은 고무 밑창이 달린 발목 높이의 투박한 단화는 갈색이었지만, 그것도 오른쪽에 앨라배마 교도관 제복을 입은 덩치 큰 흑인 형제를 대동하고 경비문을 통과해서 다가오는 창백하고 순결한 모습과 충돌하지 않았다.

그 작업화는 충돌하지 않았고, 하얀 타일 바닥에 소리를 울리지도 않았다. 마치 살짝 떠서 다가오는 것 같았다.

'아, 그래.' 나는 혼자 속으로 말했다. '과연 그렇군.'

이 구세주 같은 인물이라면 어떻게 앨리슨 같은 거칠고 똑똑한 사람마저 구워삶았는지 알 수 있었다. 그렇고말고.

다행히도, 밖에는 비가 내리고 있었다.

그렇지 않았다면 유리창으로 들어오는 햇살이 후광마저 둘러줬을 것이다. 그랬다면 나는 정신을 놔버렸을 것이다. 그 자리에서 웃음을 멈추지 못했을 것이다. 다행히도 밖에는 억수같이 비가 내렸다.

덕분에 클랜튼에서 차를 몰아오는 길은 내가 죽을 때 인생 최고의 순간으로 꼽을 리 없는 시간이 되었다. 알루미늄 시트 같은 물이 좍좍 퍼부었고, 나는 끝이 없는 샤워 커튼 속을 영원히 운전하면서 영영 뚫고 나가지 못할 것만 같았다. 65번 주간고속도로에서 배수로에 빠지기만 대여섯 번은 빠졌다. 내가 왜 그 도랑에 흐르는 찐득찐득한 진흙탕 속에 차축까지 묻어버리지 않았을까, 나도 절대 이해하지 못할 것이다.

하지만 나는 고속도로에서 미끄러질 때마다, 심지어 두 번인가는 완전히 360도 회전을 하면서 존 C. 헵워스에게 빌려온 낡은 포드 페어레인을 전복시킬 뻔하고서도 계속 갔다. 뇌전증 발작처럼 털털거리며 미끄러지다가 옆길로 빠져서 곧장 미끄러운 잔디와 잡초밭으로 기어올라 시뻘건 앨라배마 진흙을 빨아들이다가도, 곧 지붕 못 같은 빗발이 두들겨대는 길고 검은 모루 위로 돌아갔다. 지금도 마찬가지지만, 나는 그것을 운명은 오직 천상에서 결정되어 있고 지상은 나를 엿먹일 허락을 받지 못했다는 신호로 받아들였다. 나에게는 꼭 가야 할 데이트가 있었고, 운명은 그 사실을 잘 알고 있었다.

그렇다 해도, 아무리 신통력의 보호를 받는다 해도… 나에게는 그게 분명했지만, 그렇다 해도 애트모어 북쪽으로 8킬로미터 떨어진 곳까지 왔을 때 나는 57번 출구를 타고 65번 고속도로를 벗어나서 21번 고속도로에 진입한 후, 베스트 웨스턴 모텔 앞에 차를 세웠다. 그렇게 남쪽에서 하룻밤을 지낼 생각은 없었지만(모빌시에 치아가 멋진 젊은 여자를 하나 알기는 해도) 비는 때려 붓고 있었고 나는 그저 이 일을 마치고 자고 싶을 뿐이었다. 포드 페어레인처럼 변변찮은 차를 타고 털털거리면서 빗속을 뚫고 그 먼 길을… 그것도 헨리 스패닝을 앞에 두고 달리고 나니… 멈추고만 싶었다. 잠이라는 오래된 망각의 손길이 간절했다.

나는 체크인을 하고, 30분 동안 샤워기 밑에 서 있다가, 가지고 온 스리피스 정장으로 갈아입고 나서 프런트에 전화해서 홀먼 교도소로 가는 방향을 물었다.

그곳에서 차를 몰다가 달콤한 순간이 찾아왔다. 그 후로 오랫동안 그런 순간은 다시 찾아오지 않았고, 나는 지금도 그 순간을 지금처럼 기억한다. 그 순간에 매달린다.

5월, 그리고 6월 초에는 작란화가 만개한다. 숲속과 삼림지대 늪에, 다른 때에는 눈에 들어오지도 않는 비탈이나 산기슭에 갑자기 노란색 자주색 난초들이 꽃을 피운다.

나는 운전을 하고 있었다. 비가 잠시 멎는 곳이 있었다. 태풍의 눈처럼 말이다. 조금 전까지만 해도 물이 쏟아졌는데, 다음 순간, 귀뚜라미와 개구리와 새들이 불평을 늘어놓기 전의 완벽한 적막이 찾아왔다. 사방이 캄캄했고, 내 전조등 불빛만이 허공을 찌르고 있었다. 그리고 비 온 후의 우물처럼 시원했다. 나는 운전을 하고 있었다. 잠에 빠지지 않으려고, 눈이 감기기 시작할 때 머리를 내밀 수 있도록 창문을 내렸는데 갑자기 5월에 피는 작란화의 달콤하고 섬세한 향기가 날아들었다. 왼쪽 멀리, 어두운 언덕땅 어딘가 아니면 보이지 않는 나무들에 가려진 깊은 숲속에서 시프리페디움 칼로세우스가 그 향기로 밤의 세상을 아름답게 만들고 있었다.

나는 속도를 늦추지도 않았고, 눈물을 참으려 하지도 않았다.

나는 그저 스스로를 연민하며 차를 몰았다. 그럴듯한 이유 하나 없이.

✳

한참, 한참 내려가서 플로리다 팬핸들 구석 가까이, 그 지역에 마지막으로 남은 진짜 훌륭한 바비큐가 있는 버밍햄에서도 세 시간은 남쪽으로 내려가서, 홀먼에 다다랐다. 혹시 감옥에 한 번도 들어가본 적이 없다면, 내가 지금부터 하려는 말은 온화한 타사다이 사람*이 듣는 초서의 대사처럼 이해가 가지 않을 것이다.

돌이 부른다.

인류 교화 시설에는, 그 '조직적인 교회'에는 이름이 붙어 있다. 가톨릭, 루터교, 침례교, 유대교, 이슬람교, 드루이드교의 훌륭한 사람들부터… 토르케마다 재판관과 충격적인 종교재판들을 불러온 종교사상들, 원죄와 성전, 종파 간 폭력, 폭탄을 터뜨리고 사람을 죽이고 불구로 만드는 소위 '낙태 반대자'들에 이르기까지… '저주받은 곳'이라는 캐치프레이즈가 따라다닌다.

'신은 우리 편에 있다'처럼 발음하기 쉽지 않은가?

저주받은 곳.

라틴어로 하면 고약한 쓰레기장. 악이 일어나는 곳. 언제까지나 검은 구름 아래 존재하는 장소. 마

* Tasaday, 필리핀 민다나오섬 산간지방에서 석기시대 방식으로 살고 있다가 발견된 부족

치 제시 헬름스[*]나 스트롬 서먼드[**]가 운영하는 하숙집에 사는 것처럼 말이다. 큰 교도소는 그런 곳 비슷하다. 졸리엣, 댄모라, 아티카, 저지에 있는 라웨 주립, 루이지애나에 있는 앙골라라는 지옥구덩이, 옛 폴섬(새로 지은 곳 말고 예전 폴섬 말이다), Q(샌쿠엔틴), 그리고 오시닝도 있지. 그곳에 대해서 뉴스로만 접하는 사람들이나 '싱싱' 교도소라고 부르지, 그 안에 들어간 범죄자들은 그곳을 오시닝이라고 부른다. 또 컬럼버스에 있는 오하이오 주립 교도소. 캔자스의 레번워스. 자기들끼리 힘든 감옥 형기에 대해 말할 때면 이야기하는 곳들. 펠리칸 베이 주립교도소의 '더 슈'[***]. 그 안에서는, 죄책감과 타락으로 벽돌을 바르고 인간 생명에 대한 존중이라곤 없이 범죄자들과 간수들 양쪽에 미움만 퍼진 그 오래된 구조물 속에서는, 벽과 바닥이 수십 년

[*]   인종차별주의자로 유명한 상원의원
[**]   인종격리정책을 주장했던 상원의원
[***] 이 교도소에서 최악의 범죄자를 수용하는 Security Housing Unit의 약자 SHU를 Shoe로 적어서 농담처럼 말한다.

동안 백만 명의 고통과 고독을 다 빨아들인 그곳에서는… 그 안에서는, 돌이 부른다.

저주받은 곳. 문을 통과하고 금속 탐지기를 통과하여 주머니 안에 든 물건을 카운터에 다 꺼내놓고 굵은 손가락들이 서류를 뒤적일 수 있게 서류가방을 열면 느낄 수 있다. 느껴진다. 신음과 채찍질, 그리고 피를 흘리다가 죽으려고 자기 손목을 물어뜯어 구멍을 내는 사람들.

그리고 나는 그것을 다른 누구보다 더 지독하게 느꼈다.

나는 최대한 막았다. 밤에 핀 난초 향기의 기억에 매달리려고 했다. 마구잡이로 누군가의 심상을 유람하는 것만은 피하고 싶었다. 안으로 들어갔다가 그자가 무슨 짓을 했는지 알고 싶지 않았다. 사람들이 잡은 죄목만이 아니라 그자를 정말로 여기에 넣은 죄 말이다. 스패닝에 대한 이야기가 아니다. 모든 죄수에 관한 이야기다. 여자친구가 매콤한 케이준 소시지가 아니라 브라트부어스트를 사왔다는 이유로 걷어차 죽인 놈들 모두. 비밀스러운 목소리가 "저놈을 찢어버려!"라고 했다는 이유로 어린 복사(服事)*를 유괴해서 강간하고 저며버린, 성경 읊어대는 허연 벌레 같은 미치광이들 모두. 식권 몇 장 훔치겠다고 연금 수령자를 쏴버린 도덕관념 없는 약물 중독자 모두. 한순간이라도 방어를 내리면, 방패를 풀어버리면, 아주 살짝이라도 의식을 내보내어 그중 한 놈과 접촉할지 몰랐다. 인간적으로 약해진 순간에.

그래서 나는 모범수를 따라 교도소장실로 갔고, 그곳에서 소장 비서가 내 서류와 내 얼굴이 들어간 작은 플라스틱 카드를 확인했으며, 그 여자는 계속 그 얼굴을 보았다가 내 얼굴을 올려다보았다가, 그 얼굴을 내려다보았다가 앞에 있는 내 얼굴을 보기를 반복하더니 참지 못하고 말했다.

"기다리고 있었습니다, 패리스 씨. 어. 정말로 미합중국 대통령 밑에서 일하시나요?"

나는 미소를 지었다. "같이 볼링을 하는 사이죠."

* 사제의 미사 집전을 돕는 소년

그 여자는 그 말을 진지하게 받아들이고는 헨리 레이크 스패닝을 만날 회의실까지 나를 바래다주겠다고 제안했다. 나는 교육을 잘 받은 유색인종 신사가 자기 삶을 쉽거나 어렵게 만들 수 있는 공무원에게 감사하는 방식으로 감사를 표한 후, 그녀를 따라 복도를 몇 개 지나고 교도관들이 지키는 강철못 박힌 문들을 통과하고, 행정동과 격리동과 중앙동을 통과하여, 벽에는 얼룩진 갈색 호두나무 판을 두르고 시멘트 바닥에는 하얀 타일을 깔고 보안창에는 하얀 휘장을 쳤으며 매단 천장에는 셀로텍스 방음판을 덧댄 정사각형의 회의실에 도착했다. 그곳에서 교도관이 우리를 맞이했다. 비서는 나 같은 사람이 미합중국 대통령과 볼링을 치다가 그날 아침에 에어포스원을 타고 도착한 인물이라는 사실에 완전히 수긍하지 못한 채 작별을 고했다.

큰 방이었다.

나는 회의 테이블 앞에 앉았다. 길이가 3.5미터에 너비는 1미터가 좀 넘는 테이블로 반들반들하게 윤을 낸 호두나무, 아니면 참나무였다. 등이 판판한

의자들은 금속으로 만들어서 쿠션에 밝은 노란색 천을 씌웠다. 갓 결혼한 부부의 양철 지붕에 축복의 쌀이 쏟아지는 소리 같은 빗소리를 빼면 조용하기만 했다. 저 바깥 65번 주간고속도로에서는 어떤 운 없는 놈이 붉은 진흙 속으로 빨려 들어가고 있겠지.

"곧 올 겁니다." 교도관이 말했다.

"잘됐군요." 나는 대꾸했다. 왜 교도관이 나에게 그런 말을 하는지 알 수가 없었다. 애초에 내가 거기 왜 있는지도 몰랐으니 말 다 했지. 나는 그 교도관이 영화를 볼 때 근처에 있으면 곤란한 부류일 거라 상상했다. 데이트 상대에게 모든 것을 설명하는 그런 사람 말이다. 마타모로스에서 철조망 아래를 파서 건너온 지 3주 된 불법 체류자 사촌 움베르토에게 우디 앨런 영화를 미주알고주알 해석해주는 취업허가증 받은 멕시코 노동자처럼. 아니면 정신없는 토요일 오후에 요양소를 탈출해서 3층 멀티플렉스에 주저앉아서는, 같이 탈출한 옆 친구에게 클린트 이스트우드가 누구 엉덩이를 걷어찰 것이며 왜 그럴 것인지 설명하는 80대 노인처럼 말이다. 그것도 보청기를 끼고 목 터지게 큰 소리로 떠드는 거지.

"최근에 뭐 괜찮은 영화 봤어요?" 나는 교도관에게 물었다.

교도관에게는 대답할 기회가 없었고, 나도 굳이 그 머릿속에 들어가서 알아보지 않았다. 바로 그 순간에 회의실 반대편에 있는 강철 문이 열리고 다른 교도관이 머리를 쓱 들이밀더니, '뻔한 일을 굳이 말해드리죠' 교도관에게 외쳤다.

"사형수 갑니다!"

'자명한 일 반복해 말하기' 교도관이 고개를 끄덕이자 상대편 교도관의 머리가 다시 들어가더니, 문이 쾅 닫혔다. 내 옆에 있던 교도관이 말했다.

"사형수 감방에서 누군가를 데려올 때는, 행정동과 격리실과 중앙동을 통과해야 합니다. 그래서 모든 곳을 잠그고 모두가 안으로 들어갑니다. 그러다 보니 시간이 좀 걸리죠."

나는 설명해줘서 고맙다고 했다.

"대통령 밑에서 일한다는 거 진짭니까?"

어찌나 정중하게 묻는지, 앨리슨이 만들어준 가짜 신분증은 다 집어치우고 솔직하게 대답해주기로 했다.

"그래요. 같은 보치아 팀에 있죠."

"그래요?" 교도관은 이 새로운 스포츠 이름에 홀렸다.

내가 막 대통령은 사실 이탈리아 혈통이라는 사실을 설명하려는 찰나[*], 보안문에 열쇠 돌아가는 소리가 들리더니 문이 바깥쪽으로 열리고, 아까 설명한 구세주 같은 하얀 형체가 어느 방향에서 재도 2미터가 넘을 듯한 교도관에게 이끌려 들어왔다.

후광 없는 헨리 레이크 스패닝이 발을 끌며 내 쪽으로 다가왔다. 수갑과 족쇄에 달린 쇠사슬은 양극산화기술로 처리한 넓은 강철 벨트에 용접되어 있었고, 네오프렌 고무 밑창은 하얀 타일 바닥에 어떤 소음도 일으키지 않았다.

[*] 보치아는 그리스의 공 던지기에서 유래했고 이탈리아에서 성행했다.

나는 그 남자가 멀리서부터 걸어오는 모습을 지켜보았고, 그 남자는 나를 똑바로 마주 보았다. 나는 혼자 생각했다. '그래, 앨리는 저놈에게 내가 마음을 읽을 수 있다고 말했어. 흠, 내가 네 심상에 들어가지 못하게 하려고 어떤 방법을 쓸지 어디 보자.' 그러나 겉모습만으로는, 발을 끄는 모습이나 외모만으로는 그놈이 앨리와 섹스를 했는지 여부를 알 수가 없었다. 그래도 했을 게 틀림없기는 했다. 어떻게든. 아무리 큰 교도소 안이라 해도. 이 안이라 해도.

그는 내 바로 앞에 멈춰 서서 의자 등에 두 손을 올리더니, 한마디도 하지 않고 미소만 지었다. 내 평생 누구에게서도, 심지어 우리 엄마에게서도 받아본 적 없는 상냥한 미소였다. 심지어 우리 엄마에게서도. '아, 그래. 그렇군.' 나는 생각했다. 헨리 레이크 스패닝은 내가 평생 만나본 그 누구보다도 능수능란하게 카리스마를 발휘하는 사람이거나, 낯선 사람에게 목이 베이는 경험도 팔 수 있을 정도로 매력적인 사기꾼이었다.

"이 사람만 두고 가도 됩니다." 나는 따라온 거대한 검은 괴물 같은 경비에게 말했다.

"그럴 순 없습니다."

"책임은 내가 다 지죠."

"죄송하지만, 전 내내 여기 이 방에 누군가가 함께 있어야 한다는 명령을 받았습니다."

나는 나와 함께 기다렸던 쪽을 쳐다보았다. "당신도 마찬가진가요?"

그는 고개를 저었다. "아마 둘 중 하나만 남으면 될 겁니다."

나는 얼굴을 찌푸렸다. "절대로 둘이서만 이야기해야 합니다. 내가 이 남자의 공식 변호사라면 어땠을까요? 우리만 내버려둬야 하지 않았을까요? 변호사와 의뢰인 간의 대화는 비밀을 보장받지 않습니까?"

교도관 두 사람은 서로를 쳐다보더니 다시 나를 보고 아무 말도 하지 않았다. 갑자기 '뻔한 사실도 다시 말하는' 남자에겐 할 말이 없어졌고, 이두박근 우람한 덩치는 '명령을 받은' 몸이었다.

"내가 누구 밑에서 일하는지 들었습니까? 누가 날 보내서 이 남자와 대화하라고 했는지 들었어요?"

권위에 기대는 방식은 잘 통할 때가 많다. 두 사람은 '예, 그렇습니다, 들었습니다'라는 말을 몇 번인가 중얼거렸지만, 그래도 얼굴은 여전히 '죄송하지만 저희는 그 누구도 이 남자와 둘만 남겨둘 수 없습니다'라고 말하고 있었다. 내가 대통령 전용기가 아니라 예언자 전용기를 타고 왔다고 해도 소용없을 분위기였다.

그래서 나는 에라 모르겠다 하고 두 사람의 마음속으로 미끄러져 들어갔고, 전화선을 다시 잇고 지하 케이블을 변경하고 방광에 강렬한 압력을 넣는 데에는 힘이 많이 들지 않았다.

"그렇긴 하지만…." 첫 번째 교도관이 말했다.

"그래도 저희가…." 거인 교도관이 말했다.

그리고 1분 30초 만에 한 사람은 종적도 없이 사라졌고, 거인 교도관은 강철 문 바깥에 서서 이중 유리를 끼우고 철조망을 집어넣은 보안창을 등으로 메우고 있었다. 그는 효율적으로 회의실에 들어오거나 나갈 수 있는 하나뿐인 출입구를 봉쇄하고 있었다. 마치 300명의 스파르타인이 테르모필라이에서 크세르크세스의 몇만 명 군대를 마주했을 때처럼 말이다.

헨리 레이크 스패닝은 조용히 서서 나를 바라보고 있었다.

"앉아요. 편하게."

내 말에 그는 의자를 끌어당기고 앉았다.

"테이블에 더 가까이." 내가 말했다.

수갑 때문에 약간 어려움을 겪기는 했지만, 그는 의자 앞 가장자리를 잡고 앞으로 긁어서 배가 테이블에 닿도록 당겼다.

백인치고도 잘생긴 남자였다. 멋진 코에 두드러진 광대뼈, 변기에 자동세정 알약을 던져넣었을 때 볼 수 있는 빛깔의 눈동자. 아주 보기 좋게 생긴 남자였고, 나는 그게 섬뜩했다.

드라큘라가 셜리 템플처럼 생겼다면 아무도 그 심장에 말뚝을 꽂지 못했을 것이다. 해리 트루먼이 살인마 프레디 크루거처럼 생겼다면 투표에서 절대 톰 듀이를 이기지 못했을 것이다. 조 스탈린과 사담 후세인은 다정한 친척 아저씨나 집안 친구처럼 생겨서 친절하고 마음씨 좋아 보였다. 그런데 어쩌다가 수백만 남자 여자아이들을 학살한 것처럼 말이다. 에이브러햄 링컨은 도끼 살인마처럼 생겼지만, 마음이 대륙만큼 넓었다.

헨리 레이크 스패닝은 TV 광고에서 보면 즉시 믿게 될 얼굴이었다. 남자들이라면 같이 낚시를 가고 싶어 할 테고, 여자들은 엉덩이를 쥐어보고 싶어 할 터였다. 할머니들은 보자마자 덥석 끌어안고, 아이들은 그 남자를 따라 오븐에 기어들어 가리라. 그가 피콜로를 연주할 수 있었다면 쥐 떼가 그 주위에서 춤을 추었을 것이다.

우리는 대체 어떤 멍청이들인가. 아름다움이란 표면에 불과하다. 표지로 책을 판단할 수는 없다. 그런데 청결함은 독실함과 나란히 놓인다. 성공을 위한 옷차림이 따로 있다. 우리는 얼마나 얼간이들인가.

그렇다면 내 친구 앨리슨 로슈는 어떻게 해석

해야 하지?

그리고 왜 나는 그냥 그놈의 머릿속으로 미끄러져 들어가서 심상을 확인하지 않는 거지? 왜 시간을 끄는 거야?

나는 그놈이 무서웠다.

확인된 것만 56명을 죽인 소름 끼치고 역겨운 이 살인자가 내 앞에서 1미터밖에 떨어지지 않은 곳에 앉아서 나를 똑바로 마주 보고 있었다. 해리 트루먼도 톰 듀이도 가망 없었을 파란 눈과 부드럽고 온화한 금발이.

그런데 내가 왜 그놈을 무서워하냐고? 그야, 무서우니까.

이건 저주받을 멍청이 짓이었다. 나에게는 모든 무기가 다 있었고, 그놈은 수갑과 족쇄를 찼으며, 나는 한순간도 앨리슨의 말대로 그놈이 결백하다고 믿지 않았다. 빌어먹을, 경찰은 말 그대로 손을 피로 물들인 놈을 잡았다. 팔꿈치까지 피투성이였다. 결백 좋아하시네! '좋아, 루디, 안에 들어가서 한 바퀴 돌아보는 거야.' 그렇게 스스로를 타일렀지만, 나는 그러지 않았다. 그놈이 뭔가 말하기를 기다렸다.

그는 망설이는 듯, 온화하면서도 약간은 불안해 보이는 미소를 지으며 말했다.

"앨리가 당신을 만나보라더군요. 와줘서 고마워요."

나는 그 남자를 쳐다보았지만, 안으로 들어가지는 않았다.

그는 나를 불편하게 만든 게 당황스러운 모양이었다. "하지만 겨우 사흘 만에 나에게 뭔가 해줄 수 있을 것 같진 않아요."

"무섭나요, 스패닝?"

그는 입술을 떨었다. "네, 그래요, 패리스 씨. 이보다 더 겁에 질릴 수 없는 상태죠." 눈이 촉촉했다.

"당신의 희생자들이 어떤 기분이었을지 짐작이 갈지도 모르겠네요. 어떻게 생각해요?"

그는 대답하지 않았다. 눈은 촉촉했다.

그는 잠시 나를 쳐다보기만 하다가 의자를 긁으며 일어섰다. "와줘서 고맙습니다. 앨리가 당신의 시간을 빼앗은 건 미안해요." 그는 돌아서서 걸어가기 시작했다. 나는 그 마음속에 유람을 들어갔다.

'신이시여 맙소사.' 그는 결백했다.

그중 어느 짓도 하지 않았다. 하나도. 의심할 여지조차 없었다. 앨리슨이 옳았다. 나는 그의 심상을 모조리 다 보았다. 주름 하나, 틈 하나 빠뜨리지 않았다. 모든 구멍과 샛길, 모든 도랑과 협곡을, 36년 전에 몬태나주 그레이트 폴스 근처 루이스타운에서 태어난 순간까지 모든 과거를 다 보았다. 진짜 살인자가 내장을 꺼내고 쓰레기통에 버려둔 청소부의 시체를 들여다보다가 체포당했던 그 순간까지 그의 인생 모든 순간을.

나는 그의 심상 속 모든 순간을 다 보았다. 헌츠빌의 윈딕시에서 나오는 모습도 보았다. 주말을 보낼 식료품을 가득 채운 카트를 밀고 나오고 있었다. 그리고 나는 그가 주차장을 돌아서 망가진 종이상자와 과일 상자들이 흘러넘치는 대형 쓰레기통 쪽으로 향하는 모습을 보았다. 그 쓰레기통 어딘가에서 도와달라는 소리가 들렸다. 헨리 레이크 스패닝이 걸음을 멈추고, 제대로 들은 건가 확신하지 못한 채 몸을 돌리는 모습이 보였다. 그는 주차장 가장자리, 벽 바로 옆에 대놓은 자기 차를 향해 움직이기 시작했다. 금요일 저녁이라서 모두가 주말을 위해 장을 보고 있었고, 앞쪽에는 빈자리가 없었기 때문이다. 그리고 이번에는 아까보다 더 약한, 다친 고양이처럼 비참한 소리가 또 들렸다. 헨리 레이크 스패닝은 딱 멈춰 서서 주위를 둘러보았다. 그리고 우리 둘 다 뚜껑 열린 쓰레기통의 지저분한 녹색 강철벽 위로 솟아오르는 피 묻은 손을 보았다. 나는 그가 들어간 돈도 생각하지 않고, 그렇게 내버려뒀다간 누가 집어 갈지 모른다는 생각조차 없이, 계좌에 11달러밖에 없으니 누군가가 그 식료품을 가로채면 며칠 동안 먹을 게 없다는 생각도 하지 않고 그 식료품을 팽개치는 모습을 보았다…. 그리고 그가 쓰레기통으로 달려가서 흘러넘치는 쓰레기 속을 들여다보는 모습을 보았고… 그 가엾은 노부인을 보고 느낀 구역질을 같이 느꼈으며… 그가 갈기갈기 찢기고 엉망이 된 그 몸뚱이를 위해 뭐라도 할 수 있을지 보려고 쓰레기통을 기어올라 안으로 뛰어들 때 같이 있었다.

그리고 노부인이 목구멍에 열린 상처로 피거품을 쏟아내며 숨을 몰아쉬고 죽어갈 때, 나도 그와 함께 울었다. 하지만 내가 모퉁이를 돌아 다가오는 누군가의 비명 소리를 들었을 때, 스패닝은 듣지 못했다. 그래서 경찰이 주차장에 도착했을 때 그는 껍질이 벗겨진 애처로운 살덩이와 시커멓게 피에 물든 옷을 부여잡고 그 자리에 있었다. 그리고 보기 드문 연민과 인간성을 지녔다는 죄 외에는 결백했던 헨리 레이크 스패닝은 그제야 종이상자를 주우려고 쓰레기통 주위를 돌아다니던 중년의 여성들에게 그 모습이 어떻게 보였을지 이해했다. 그들은 노부인을 살해한 남자를 보고 있다고 생각했던 것을.

그리고 스패닝이 도망치고 도망치고 피하고 또 피하는 동안 나는 그와 함께 있었다. 그의 마음속 풍경에 함께 있었다. 경찰이 디케이터에서, 거닐라 애셔의 시체에서 10킬로미터도 더 떨어진 곳에서 그를 체포할 때까지. 그래도 그들은 그를 잡았고, 헌츠빌의 쓰레기통에서 목격한 사람들의 신원 확인도 확실했다. 나머지는 모두 정황 증거였다. 침대에 누워 회복 중인 찰리 월보그와 앨리슨의 사무실 직원들이 멋지게 짜 맞춘 증거들. 서류로 볼 때는 훌륭했다. 앨리슨이 그에게 가장 잔인한 스물아홉 건 겸 쉰여섯 건의 살인사건을 떨구기에 충분히 훌륭해 보였다.

그러나 그건 다 헛소리였다.

살인자는 아직 바깥에 있었다. 품위 있고 친절한 사람처럼 보이는 헨리 레이크 스패닝은, 정말로 그런 사람이었다. 친절하고, 품위 있고, 마음씨 고우며, 무엇보다도 결백한 사람이었다.

배심원단과 거짓말 탐지기와 판사와 사회복지사와 정신과 의사와 엄마 아빠는 속여도 루디 패리스를 속일 수는 없다. 다들 갈 수는 있어도 돌아올 수는 없는 어두운 곳을 정기적으로 여행하는 이 루디 패리스는.

그들은 사흘 후에 결백한 사람을 튀겨버릴 것이다.

내가 어떻게든 해야 했다.

앨리슨만을 위해서가 아니었다. 그것도 충분히 이유가 되기는 했지만, 자기가 망했다고 생각하고 겁에 질려 있으며 나같이 잘난 체하는 족속에게 헛소리들을 필요 없는 이 남자를 위해서 그래야 했다.

"스패닝 씨." 나는 그의 등에 대고 외쳤다.

그는 걸음을 멈추지 않았다.

"부탁입니다." 내 말에 그는 발을 끌기를 멈췄다. 쇠사슬이 작은 행운의 팔찌가 흔들리는 듯한 소리를 냈지만, 그는 몸을 돌리지 않았다.

나는 말했다. "난 앨리 생각이 맞다고 믿습니다. 놈들이 엉뚱한 사람을 잡았다고 믿어요. 그리고 당신의 복역이 잘못됐다고 믿고, 당신이 죽어선 안 된다고 믿습니다."

그러자 그는 천천히 몸을 돌리더니, 뼈다귀를 가지고 놀림만 당하던 강아지 같은 얼굴로 나를 응시했다. 들릴락 말락 한 속삭임이 흘러나왔다.

"왜 그런가요, 패리스 씨? 앨리와 내 변호사 말고는 아무도 날 믿지 않는데, 왜 당신이 날 믿는 거죠?"

나는 내가 무슨 생각을 하고 있는지 말하지 않았

다. 나는 내가 그 자리에 있었고, 그래서 결백하다는 사실을 안다고 생각하고 있었다. 그것만이 아니라, 나는 그가 진심으로 내 친구 앨리슨 로슈를 사랑한다는 사실도 알았다.

내가 앨리슨을 위해 하지 못할 일은 별로 없었다.

그래서 나는 이렇게 말했다. "난 당신이 결백하다는 걸 압니다. 누가 진범인지 아니까요."

그의 입술이 벌어졌다. 놀라움에 입을 딱 벌리는 그런 큰 움직임은 아니었다. 그저 입술만 벌어졌을 뿐이다. 그러나 그는 크게 놀란 상태였다. 그 불쌍한 남자가 이미 너무 오래 고통받았다는 사실을 알듯, 그 사실도 알 수 있었다.

그는 발을 끌며 돌아와서 자리에 앉았다.

"장난치지 마세요, 패리스 씨. 말씀하신 대로 전 무섭습니다. 죽고 싶지 않아요. 그리고 세상이 제가 그런… 그런 짓들을 했다고 생각하는 채로 죽기는 더더욱 싫습니다."

"장난 아니에요, 캡틴. 난 그 모든 살인사건으로 불타야 할 작자가 누군지 알아요. 여섯 주가 아니라

열한 개 주에서, 56명이 아니라 70명을 죽였죠. 그중 세 명은 놀이방에 있던 어린 여자애들이었고, 그아이들을 돌보던 여자도 죽였어요."

그는 나를 빤히 바라보았다. 그의 얼굴에 공포가 떠올라 있었다. 나는 그 표정을 아주 잘 안다. 그표정을 적어도 70번은 보았으니까.

"당신이 결백하다는 거 압니다. 진범은 나니까요. 당신을 여기 밀어 넣은 건 납니다."

인간적으로 약해진 순간에. 나는 모든 것을 보았다. 내가 갈 수는 있어도 돌아올 수는 없는 어두운 장소에 살기 위해 내쫓은 것들을. 내 응접실 벽에 붙은 금고를. 콘크리트에 싸서 단단한 화강암 속으로 1킬로미터 넘게 파묻어놓은 120센티미터 두께 벽의 지하실을. 두꺼운 복합적층판을 적절한 경사로 세워 만든 방, 600에서 700밀리미터 두께의호모겐 보호재와 맞먹는 강철과 플라스틱 혼합물로, 완벽한 결정구조로 키워내고 조심스럽게 통제

하면서 불순물을 섞어서 현대전 탱크가 탄두를 날려도 몸을 털어 말리는 스파니엘견처럼 가볍게 털어낼 수 있도록 만드는 크리스털 아이언만큼 튼튼하고 단단한 그런 금고실을. 중국식 퍼즐 상자를. 그 숨겨진 방을. 미궁을. 내가 비명 소리를 듣거나 피투성이 힘줄을 보지 않고, 애원하는 눈이 있던 자리에 남은 걸쭉한 눈구멍을 응시하지 않으려고 70명 모두를 보내버린 마음의 미로 안을 말이다.

그 교도소 안에 걸어 들어갔을 때, 나는 마음을 꼭꼭 걸어 잠그고 있었다. 나는 안전하기 그지없었다. 나는 아무것도 모르고, 아무것도 기억하지 못했으며, 아무것도 의심하지 않았다.

하지만 헨리 레이크 스패닝의 심상 속으로 걸어 들어간 순간, 그리고 스스로에게 그놈이 범인이라고 거짓말을 할 수가 없었던 순간, 나는 땅에 금이 가는 것을 느꼈다. 땅이 흔들리고 격변이 일어나며 발치에 균열이 지평선까지 뻗어가고, 용암이 부글거리며 솟아올라 흐르기 시작했다. 그리고 철벽이 녹아내리고, 콘크리트는 먼지로 변하고, 보호막은 사라져버렸다. 그리고 나는 괴물의 얼굴을 보았다.

앨리슨이 내게, 내가 저지른 스물아홉 건의 살인으로 기소 중인 헨리 레이크 스패닝이 저질렀다는 이런저런 살육에 대해 말할 때 내가 현기증을 느낀 것도 당연했다.

앨리슨이 살인 현장을 대충 설명할 때 내가 모든 세부 사항을 그릴 수 있었던 것도 당연했다. 내가 홀먼 교도소에 오지 않으려고 그토록 애를 쓴 것도 당연했다.

그곳에서, 그의 마음속에서, 나에게 활짝 열린 그 심상 속에서 나는 그가 앨리슨 로슈에게 품은 사랑을 보았다. 내가 한 번, 딱 한 번 잤던 내 친구 앨리슨….

사랑의 힘은 틈을 열 수 있다는 헛소리는 하지 말기 바란다. 그런 개소리는 듣고 싶지 않다. 나를 열어젖힌 것은 수많은 요소의 결합이었고, 아마도 그중 하나가 내가 그 두 사람 사이에서 본 사랑이었을 것이다.

나도 잘 알지는 못한다. 나는 빨리 배우는 사람

이지만, 이건 순간이었다. 운명의 균열. 인간적으로 약해진 순간. 나는 어두운 장소로 가버린 내 일부에게 그렇게 말했다. 내가 한 짓은 인간적으로 약해졌을 때 한 짓이라고.

그리고 나를 패배자로, 괴물로, 지금의 거짓말쟁이로 만든 것은 내 '재능'이나 내 검은 피부가 아니라 바로 그 순간들이었다.

★

막 깨달았을 때, 나는 믿을 수가 없었다. 내가, 사람 좋은 루디가 그럴 리가 없었다. 평생 자기 자신 말고는 누구도 해친 적 없는 호감 가는 루디 패리스가 그럴 리 없었다.

다음 순간 나는 분노에 사로잡혔고, 내 분열된 두뇌 한쪽에 사는 그 역겨운 존재에게 맹렬히 화를 냈다. 내 얼굴에 구멍이라도 내고 축축하게 썩어가는 그 살인자를 끌어내어 곤죽으로 만들고 싶었다.

그다음 순간에는 구역질이 났다. 이 루디 패리스에게, 법을 준수하고 합리적인 괜찮은 인간인 루디 패리스에게 내가 한 모든 짓이 숨김없이 드러나자 거꾸러져서 토하고 싶었다. 그냥 루디도 교육 잘 받은 쓰레기나 겨우 면한 인간이긴 했지만, 살인자는 아니었단 말이다…. 나는 토하고 싶었다.

그러다가 마침내 나는 부정할 수 없는 사실을 받아들였다.내가 활짝 핀 작란화의 향기를 맡으며 밤공기 속을 달리는 일은 두 번 다시 없으리라. 나는 이제 그 향기를 알았다.

그것은 크고 어두운 입이 하품을 하듯이 쩍 벌어진 인간 시체에서 피어오르는 향기였다.

마침내 다른 루디 패리스가 돌아온 것이다.

★

그들은 30초도 고민하지 않았다. 나는 제퍼슨 카운티 지방검찰청에 있는 심문실에서 작은 나무 책상을 앞에 두고 앉아서 이름과 날짜와 장소로 그래프를 만들었다. 이름은 70명 중에서 내가 실제로 아는 이름만 썼다. (그중 상당수는 그저 길에 있었거나, 남자 화장실에 있었거나, 목욕을 하거나, 영화관 뒷줄에 늘어져 있었거나, ATM에서 현금을 뽑고 있었거나, 그저 앉아 있었다. 내가 다가가서 마음을 열고, 어쩌면 술을 같이 마시거나… 길에서 뭔가 가볍게 먹기를 기다리고 있었다.) 날짜는 쉬웠다. 나는 날짜 기억을 잘했다. 그리고 그들이 알지 못했던 시체들을 찾을 장소, 다른 56명과 정확히 똑같은 범행 수법으로 해치운 14명이 있는 장소도 적었다. 그 어린 가톨릭 주산소녀, 거닐라 뭐라던 그 아이에게 썼던 구식 캔 따개는 말할 필요도 없겠지. 그 아이는 내가 몸을 열어젖히는 동안 내내 아베마리아와 축복받은 예수님을 불렀다. 내가 그 아이의 내장 일부를 들어 올려 보여주고, 직접 핥게 만들려고 했던 마지막 순간까지 말이다…. 핥기 전에 죽었지만. 아무튼 앨라배마주는 30초도 고민하지 않았다. 한달음에 비극적이었던 오심을 바로잡고, 미치광이 살인마를 잡고, 원래 생각한 살인사건보다 열네 건을 더 해결하고(다섯 주가 더해지기도 했고, 더해진 다섯 주의 경찰서는 앨라배마주 사법당국을 너무나 마음에 들어 했다), CNN을 비롯한

3대 방송 저녁 뉴스에서 1주일 가까이 첫 꼭지를 장식했다. 중동 뉴스를 밀어내고 말이다. 해리 트루먼도 톰 듀이도 상대가 안 됐을 수준이었다.

앨리슨은 물론 은둔에 들어갔다. 플로리다 해안 어딘가로 가버렸다고 들었다. 하지만 재판과 평결이 끝나자 스패닝이 풀려나고 내가 안에 들어가고, 그렇게 모든 게 제대로 다시 정리되었다. 라틴어로 사트 치토 시 사트 베네(*Sat cito sibat bene*). "결과만 제대로라면 결코 늦은 게 아니다." 카토가 제일 좋아하는 말이었다지. 대(大) 카토 말이다.

그리고 내가 부탁한 것은, 내가 애원한 것은 단 하나 홀먼에 생긴 새 전기의자에 내 지친 검은 엉덩이를 쑤셔 넣을 때, 서로를 사랑하고 서로를 얻을 자격이 있으며, 내가 아주 끝내주게 엿먹였던 앨리슨과 헨리 레이크 스패닝 두 사람이 와주는 것뿐이었다.

제발 와달라고, 나는 두 사람에게 애원했다.

내가 혼자 죽게 하지 말아달라고. 아무리 나 같은 쓰레기라도. 갈 수는 있지만 돌아올 수는 없는 그 어두운 곳으로 건너갈 때, 친구의 얼굴 하나 없이 가게 하지는 말아달라고. 아무리 예전 친구라도. 그리고 캡틴, 어쨌든 내가 당신 목숨을 구해줘서 당신이 사랑하는 여자와 함께할 수 있게 해줬잖아? 이 정도는 해줄 수 있잖아. 자, 꼭 와주는 거야!

스패닝이 앨리슨을 설득해서 초대를 받아들이게 했는지, 아니면 그 반대인지는 모르겠다. 어쨌든 루디 패리스 튀김 요리를 하기 일주일 전의 어느 날, 교도소장이 사형수 감방에 있는 내 널찍한 거처에 들르더니 바비큐 파티가 만원일 거라는 사실을 알렸다. 그렇다면 내 친구 앨리슨과 그 남자친구가, 지금 내가 감금된 사형수 감방에서 지냈던 그 인물이 온다는 뜻이었다.

남자가 사랑을 위해 하는 일들이란.

그래, 그게 열쇠였다. 그게 아니면 왜 모든 일을 저지르고도 아무 빚 없이 빠져나갔던 영리한 수완가가, 그렇게 똑똑한 수완가가 갑자기 법정 문을 열고 "내가 했어요, 내가 했다고요!" 외치고는 전기의자에 자기 몸을 비끄러매겠는가?

한 번. 나는 딱 한 번 앨리슨과 잠자리에 들었다. 남자가 사랑을 위해 하는 일이란.

★

내가 전날 밤부터 온종일 지내면서 마지막 식사(하얀 토스트 빵에 고기를 두 겹으로 끼운 따뜻한 로스트비프 샌드위치에 바삭바삭한 감자튀김, 그리고 잔뜩 뿌려놓은 뜨거운 갈색 시골풍 그레이비 소스, 애플 소스, 그리고 맛있는 포도 한 그릇이었다)를 먹고, 신성 로마 제국의 대표자가 찾아와서 신과 믿음, 내 흑인 조상의 문화 대부분을 부순 것에 대해 보상해주려고 애를 쓴 방에서 처형실로 이동할 때, 나는 내내 두 교도관 사이에 잡혀 있었다. 두 사람 다 내가 1년 전쯤에 바로 이 교정 시설로 헨리 레이크 스패닝을 만나러 왔을 때 그 자리에 있던 사람은 아니었다.

아주 나쁜 1년은 아니었다. 많이 쉬었고, 뒤떨어진 독서도 따라잡았다. 인정하기는 부끄럽지만 이렇게 늦게나마 프루스트와 랭스턴 휴즈도 읽을 수 있었다. 살도 좀 뺐다. 꼬박꼬박 운동하고, 치즈를 포기하고 콜레스테롤 수치를 낮췄다. 별건 아니지만 그냥 했다.

가끔 한 번씩 남의 마음도 유람했다. 한 번, 두 번, 아니면 열 번쯤. 별 의미는 없었다. 나는 아무 데도 가지 않을 터였고, 그 사람들도 마찬가지였다. 그중 최악의 범죄자라 해도 나보다 더 지독한 짓을 하진 않았다. 내가 고백하지 않았던가? 그러니까, 내가 한 짓을 받아들이고 몇 년 동안 얕은 무덤 속에서 썩고 있던 70명 모두를 내 무의식에서 끌어낸 후부터는, 날 죽일 수 있는 게 많지 않았다. 별일 아냐, 친구.

그들은 나를 데리고 들어가서, 묶고, 전원을 연결했다.

나는 증인석 유리창 너머를 보았다.

앞줄 중앙에 앨리와 스패닝이 앉아 있었다. 제일 좋은 자리였다. 앨리는 열심히 지켜보면서 울고 있었다. 모든 게 이런 결과로 끝맺는다는 사실을 믿지 못하고, 언제 어떻게 그리고 어떤 식으로 자기가 알지 못하는 사이에 이렇게 되어버렸는지 알아내려 애를 쓰면서. 그리고 헨리 레이크 스패닝은 그 옆에 붙어 앉아서 앨리의 무릎 위에서 손을 마주 잡고 있었다. 진정한 사랑이여.

나는 스패닝과 눈을 마주쳤다.

그리고 그의 심상에 들어갔다.

아니, 아니었다.

들어가려고 했지만, 뚫고 들어갈 수가 없었다. 나는 다섯 살인가 여섯 살 때부터 30년 가까이 이 일을 했다. 타인의 심상에 귀를 기울일 수 있는 세상 단 한 명으로서, 어떤 방해도 받은 적이 없었다. 그런데 처음으로 막혔다. 어떻게 해도 들어갈 수가 없었다. 나는 격노했다! 전속력으로 달려들었더니 해변 모래 같은 카키색의 뭔가에 부딪혔는데, 딱딱하지는 않았지만 탄성이 있어서 살짝 들어갔다가 제자리로 돌아갔다. 슈퍼마켓에서 주는 커다란 쇼핑백 같은, 높이 3미터에 지름 15미터짜리 종이가방에 들어간 것 같기도 했다. 정육점에서 고기를 쌀 때 쓰는 것 같은 종이로 만든 카키색 가방. 그런

가방에 들어가서, 뚫고 나갈 수 있다고 생각하면서 달려들었다가… 튕겨 나오는 것이다. 트램펄린을 뛸 때처럼 튕기거나 심하게 팽개쳐지는 건 아니고, 그저 민들레가 유리문에 부딪혔을 때 흩어지는 솜털처럼 밀려나는 것이다. 하찮게. 카키색 벽은 별로 영향을 받지도 않고.

나는 마블 코믹스에 나오는 사람처럼 새파란 정신력의 번개로 상대를 때리려고 해보았지만, 그건 다른 사람들의 정신에 섞여 드는 방식이 아니었다. 스스로에게 초능력 공성 망치가 있다고 생각해서 되는 게 아니다. 그건 시청자들이 참여하는 케이블 채널 프로그램에서 매력 없는 사람들이 '사랑의 힘'이니 '정신력'이니 언제까지나 인기를 끄는 '긍정적인 생각의 힘'이니 떠들어댈 때나 듣는 바보 같은 헛소리다. 개소리. 난 그런 멍청한 걸 믿는 사람이 아니야!

그 안에 들어간 내 모습을 그리려고 해봤지만, 그것도 통하지 않았다. 마음을 비우고 흘러가려고도 해봤지만, 소용없었다. 그리고 바로 그 순간에

나도 내가 어떻게 타인의 마음을 유람하는지 잘 모른다는 생각이 들었다. 나는 그냥⋯ 그렇게 했다. 내 머릿속에서 아늑하게 사생활을 즐기다가, 다음 순간에는 다른 사람의 심상 속에 들어가는 식이었다. 그건 텔레포트처럼 즉각적이었다. 텔레포트는 텔레파시만큼이나 불가능한 일이고.

하지만 지금, 의자에 묶여서, 증인들이 내 눈구멍에서 피어나오는 연기와 내 코털이 탈 때 튀기는 불똥을 보지 못하게 내 얼굴에 가죽 가면을 씌우려고 준비하고 있는 지금, 다급하게 헨리 레이크 스패닝의 생각과 심상을 들여다보려는 지금 내 능력이 완전히 차단당했다. 그리고 바로 그 순간, 나는 겁에 질렸다!

그리고 짜잔, 내가 마음을 열지도 않았는데 그가 내 머릿속에 있었다. 그자가 내 심상 속으로 유람을 왔다.

"훌륭한 로스트비프 샌드위치를 먹었군그래."

그의 목소리는 1년 전에 내가 만나러 갔을 때보다 훨씬 강력했다. 내 머릿속에서 훨씬 강력하게 울렸다.

"그래, 루디. 내가 바로 네가 어딘가에 존재할 거라 생각했던 그 사람이야. 또 다른 사람. 때까치." 그는 잠시 말을 멈췄다. "넌 그걸 '심상 속 유람'이라고 부르는군. 난 그냥 스스로를 때까치라고 불러. 때까치는 도살조라고도 하는데 말이야, 딱 좋은 이름이지. 이상하다고 생각 안 했어? 그렇게 오랜 시간 동안 다른 사람을 한 번도 못 만났다는 거? 분명 다른 사람들이 있을 텐데, 내 생각엔 증명할 순 없고 실제 자료도 없지만, 몇 년이고 품고 있었던 생각에 불과하지만, 난 다른 사람들은 할 수 있는데도 그걸 모른다고 봐."

그는 심상 저편에서 나를 응시했다. 놀랍도록 새파란 눈동자, 앨리슨이 사랑에 빠진 그 눈동자를 깜박이지도 않고서.

"왜 진작 알려주지 않았지?"

그는 서글픈 미소를 지었다.

"아, 루디. 루디, 루디, 루디. 이 가엾고 미개한 흑인 꼬마야.

그야 널 속여넘겨야 했으니까지, 꼬마야. 곰덫을 놓고 그 덫이 네 말라빠진 다리를 덥석 붙잡게 해서 널 보내버려야 했거든. 자, 내가 여기를 좀 청소해줄게….”

그러면서 그는 1년 전에 나에게 가했던 모든 조작을 걷어냈다. 그 당시 그는 너무나 쉽게, 마치 실제 강도질이 벌어지고 있는 동안 평범한 장면을 계속 보여주는 구간 반복 테이프를 돌려서 감시 카메라를 우회하듯이 자신의 진짜 생각을, 과거를, 인생을, 자기 심상 안에서 벌어지는 진짜 파노라마를 가렸다. 그리고 자신이 결백할 뿐 아니라, 진범은 스스로가 저지른 무시무시한 살육을 양심에서 차단하고 다른 면에서는 모범적인 삶을 살아온 다른 사람이라고 믿게 만들었었다. 그는 내 심상 속을 돌아다니면서(이 모든 일은 1, 2초 안에 일어났다. 심상 속에서는 시간이 큰 의미를 지니지 않기 때문이다. 마치 현실 세계에서는 깨어나기 직전 30초 동안이라도 꿈속에서는 몇 시간을 보낼 수 있듯이) 모든 거짓 기억과 암시들, 그가 심어둔 일련의 사건들의 논리 구조를 제거했다. 그는 그 사건들을 내 실제 생활과 진짜 기억들과 긴밀하게 이어 붙여서 모든 것을 바꾸고 왜곡하고 재배치했고, 그럼으로써 내가 그 끔찍한 70건의 살인을 다 저질렀다고 믿게 만들었다⋯. 그래서 내 무시무시한 깨달음의 순간에, 내가 여러 주를 돌아다니며 멈추는 곳마다 갈기갈기 찢긴 살더미를 남긴 미친 사이코패스라고 믿게 만들었다. 진짜 나를, 아무도 죽인 적 없는 선량한 루디 패리스를 차단하고 매몰시키고 승화시켜서 말이다. 나는 그가 기다리던 봉이었다.

"자, 이제 실제로는 어땠는지 알겠지?

넌 아무것도 안 했어.

넌 눈처럼 깨끗하단다, 검둥아. 그게 진실이야. 널 발견한 건 대단한 일이었지. 디케이터에서 잡힌 후 앨리가 인터뷰하러 올 때까지는 나 같은 사람이 또 있을 줄은 생각도 못 했어. 그런데 앨리의 마음 속에 네가 있었던 거야. 〈위대한 백인의 희망〉처럼 크고 검은 네가. 앨리는 참 훌륭하지 않아, 패리스? 칼을 댈 만하지 않아? 햇살 비추는 여름 들판에서 따뜻하게 농익은 과일을 가르듯이, 그렇게 가르면 김이 풀풀 오르겠지…. 어쩌면 소풍을 가서…."

그는 말을 멈췄다.

"난 처음 본 순간부터 앨리를 원했어. 알겠지만, 난 대충 해치울 수도 있었어. 그냥 앨리슨에게 때까치가 되어서, 감옥에 날 면담하러 왔을 때 바로 뛰어들 수도 있었지. 그럴 계획이었어. 하지만 그랬다간 감옥 안의 스패닝이 얼마나 시끄럽게 소란을 피웠겠어. 남자가 아니라 여자라느니, 스패닝이 아니라 검사 차장 앨리슨 로슈라느니… 너무 시끄럽고, 너무 복잡할 터였지. 그래도 그렇게 할 순 있었어. 그냥 앨리에게 뛰어들 수도 있었어. 아니면 교도관에게 들어가서 느긋하게 앨리를 따라다니다가 목을 긋고 김을 뺄 수도 있었겠지….

괴로워 보이네, 루디 패리스 씨. 왜 그래? 나 대신 죽을 처지라서? 내가 언제든 널 대신할 수 있는데 그러지 않아서? 내내 비참하고 헛되고 너절한 인생을 보내다가 드디어 너와 비슷한 사람을 찾아냈는데, 잡담도 나눌 처지가 아니라서? 글쎄, 슬프긴

해. 정말 슬퍼, 꼬맹아. 하지만 네겐 가망도 없었어."

"넌 나보다 강해. 내가 들어가지도 못하게 막았지." 내 말에 그는 쿡쿡 웃었다.

"더 강하다고? 기껏 그 정도 생각밖에 못 해? 더 강하다고? 아직도 이해를 못 하는군." 그러더니 그의 얼굴이 무시무시해졌다.

"내가 다 치워줘서 내가 너에게 무슨 짓을 했는지 볼 수 있는 지금도, 아직도 이해를 못 하고 있어. 안 그래?

내가 감방 안에 남아서 재판이며 뭐며 다 받은 게, 내가 아무것도 할 수 없어서였다고 생각해? 이 불쌍한 게으름뱅이 검둥아. 내가 원하면 언제든 때까치처럼 옮겨갈 수 있었어. 하지만 너의 앨리를 처음 만난 순간에 난 널 봤지."

나는 움찔했다. "그래서 기다렸다고…? 나 때문에 그 시간을 감옥에서 보냈다고…? 나에게 접근하려고…?"

"지금 넌 아무것도 할 수 없어. '난 다른 사람에게 몸을 빼앗겼어! 여기 헨리 레이크 스패닝의 몸

속에 루디 패리스가 들어 있어! 도와줘! 제발 살려줘!'라고 외칠 수 없지. 나야 기회를 노리면서 조금만 기다리면 그만이었는데, 뭐 하러 굳이 소란을 피우겠어? 앨리를 기다려서, 앨리가 너에게 가게 하면 그만이었는데."

나는 바보처럼 입을 딱 벌리고 고개를 뒤로 젖힌 채 빗속에 서서 쏟아지는 물에 익사해가는 칠면조가 된 기분이었다. "넌… 마음을 떠나서… 몸을 떠나서… 바깥으로… 영원히 다른 사람에게 들어갈 수 있군…."

스패닝은 학교 깡패처럼 킬킬거렸다.

"그런데 오직 날 잡으려고 감옥에 3년을 머물렀단 말이야?"

그는 히죽거렸다. '이 몸은 그대보다 똑똑하노라.' 말하듯이.

"3년? 그게 나한테 대단한 뭐라도 될 것 같아? 내가 너 같은 사람이 돌아다니게 놔둘 수 있겠어? 설마. 나처럼 '유람'할 수 있는 다른 사람을 어떻게 그냥 두겠어. 내가 마주친 유일한 다른 때까치를 말이야. 내가 여기 앉아서 네가 나에게 오기를 기다리지도 못했을 것 같아?"

"하지만 3년을….."

"넌 몇 살이지, 루디? …서른한 살? 그렇군. 알겠어. 서른한 살이라. 넌 한 번도 때까치처럼 점프한 적이 없군. 넌 그저 들어가서 유람하고 심상을 들여다볼 뿐, 한 번도 그게 그냥 마음을 읽는 것 이상의 행위라는 걸 이해하지 못했어. 넌 주소를 옮길 수 있단다, 꼬마 검둥아. 넌 전기의자에 묶인 이런 환경 나쁜 집을 나가서 화려하고 번쩍번쩍하는 백만 달러짜리 새 콘도로 이사할 수 있어. 이를테면 무하마드 알리 같은."

"하지만 그 다른 사람이 갈 곳도 있어야겠지. 안 그래?"

나는 그저 기운 없이, 아무 억양도 색깔도 없이 그렇게 말했다. 심지어 갈 수는 있지만 돌아올 수 없는 어두운 장소에 대해 생각하지도 않았다…..

"내가 누구라고 생각해, 루디? 내가 처음 시작했을 때, 때까치가 되는 방법을 익혔을 때, 유람하는 방법을 익혔을 때 내가 누구였을 것 같아? 지금 내가 주소를 바꿀 수 있다는 얘길 하고 있지? 넌 내 첫 주소에 대해 짐작도 못 할 거야. 난 아주 오래전으로 거슬러 올라가거든.

하지만 내 유명한 주소를 몇 개 댈 수는 있어. 1440년 프랑스, 질드레. 1462년 루마니아, 블라드 테페스. 1611년 헝가리, 엘리자베스 바토리. 1680년 프랑스, 카트린 데자이에. 1888년 런던, 잭더리퍼, 1915년 프랑스, 앙리 데지레 랑드뤼. 1934년 뉴욕시, 알버트 피시. 1954년 위스콘신 플레인필드, 에드 게인. 1963년 맨체스터, 미라 힌들리. 1964년 보스턴, 앨버트 드살보. 1969년 로스앤젤레스, 찰스 맨슨. 1977년 일리노이 노우드 파크 타운십, 존 웨인 게이시….

아, 얼마든지 계속할 수 있어. 계속, 계속 계속이야, 루디. 내 귀여운 원숭이. 그게 내가 하는 일이지. 계속 가는 거야. 계속 계속. 때까치는 선택하는 곳에 둥지를 틀어. 네 사랑하는 앨리슨 로슈, 아니면 혼란에 빠진 저급한 흑인 청년 루디 패리스 안으로 들어가면 그만이었어. 하지만 그건 낭비라고 생각하지 않아? 얼마 동안이 됐든 간에, 사회적으로 인정받기 힘든 네 몸뚱이에서 시간을 보내다니 말이야. 헨리 레이크 스패닝은 이렇게 잘생긴 악마인데! 왜 앨리가 널 꾀어 왔을 때 그냥 너와 자리를 바꾸지 않았냐고? 그야 그랬다면 넌 스패닝이 아니라 머리통을 빼앗긴 검둥이라고 빽빽거리고 소리를 질러댔을 테고… 그러다가 교도관이나 교도소장을 조종했을지도 모르고….

내가 무슨 말 하는지 알겠지?

하지만 이젠 가면이 단단히 고정됐고, 네 머리와 왼쪽 다리에 전극도 붙었고, 교도소장이 스위치에 손을 대고 있으니, 이제 넌 침을 잔뜩 흘릴 준비를 하는 게 좋겠지."

그러면서 그가 다시 나에게서 나가려고 방향을 돌렸을 때, 나는 거리를 확 좁혔다. 놈은 뛰어나가려고 했지만, 자기 머릿속으로 돌아가려고 했지만, 내가 그놈을 움켜잡았다. 쉬웠다. 주먹을 물질화해서, 그놈이 나를 마주 보게 돌렸다.

"좆 까, 잭 더 리퍼. 두 번 좆 까, 푸른수염. 찰스 맨슨과 보스턴 교살마와 네가 그동안 들어갔던 온갖 일그러지고 역겨운 똥구덩이들 다 좆 까라 그래. 네가 신발에 흙 좀 묻힌 건 확실히 알겠어.

그런데 내가 그 모든 이름에 대해 어떻게 생각하는지 알아, 스팽키? 내가 그 이름들을 모를 줄 알아? 난 교육받은 사람이야, 리퍼 씨. 미치광이 폭파범 씨. 몇 명 빠뜨리셨어. 네가 혹시 위니 루스 주드와 찰리 스타크웨더와 미친개 콜, 리차드 스펙, 시르한 시르한, 제프리 다머에게도 씌었던가? 부기맨인 네가 인류가 이제까지 굴린 모든 나쁜 숫자에 책임이 있어? 네가 소돔과 고모라를 파멸시키고, 알렉산드리아 대도서관을 불태우고, 파리 공포시대를 지휘하고, 종교재판소를 세우고, 세일럼의 마녀들에게 돌을 달아 물에 빠뜨리고, 운디드니에서 무기도 없는 여자와 아이들을 학살하고, 존 F. 케네디를 날려버렸어?

그럴 리가 없지.

잭 더 리퍼와는 술 한잔 같이한 적도 없을걸. 그

리고 설령 네 말이 맞다 해도, 네가 그 모든 미치광이들이었다 해도, 그래 봐야 넌 시시한 놈에 불과해, 스팽키. 별것 아닌 인류도 하루에 세 번씩은 널 능가하거든. 네가 잡아당긴 밧줄이 몇 개야, 무슈 랑드뤼?

넌 거대한 자기중심벽에 눈이 멀어서 네가 유일한 존재라고 생각하지. 심지어 다른 사람이 있다는 걸 알고 나서도 거기서 벗어나지를 못해. 네가 뭘 할 수 있는지 내가 몰랐다고 생각해? 왜 내가 네가 계획대로 하게 놓아뒀다는 생각은 못 해? 네가 날 기다렸듯이, 네가 아무것도 하지 못하는 순간까지 여기 앉아서 널 기다렸다는 생각은 안 들어?

스팽키, 넌 너무나 스스로에게만 매달린 나머지 다른 누군가가 너보다 빨리 총을 뽑을 수도 있다는 생각은 절대 못 하지.

네 문제가 뭔지 알아, 캡틴? 넌 늙었어. 정말 늙었지. 아마 몇백 년은 늙었을 거야. 그 세월은 아무 짝에도 쓸모가 없어, 노인장. 넌 늙었지만, 결코 영리해지진 못했어. 그저 보통이지.

넌 이 주소 저 주소를 옮겨 다녔어. 넌 샘의 아들이나 아벨을 죽이는 카인, 아니면 누구든 네가 됐던 씹새끼들이 될 필요가 없었어…. 넌 모세나 갈릴레오나 조지 워싱턴 카버나 해리엇 터브먼이나 소저너 트루스나 마크 트웨인이나 조 루이스가 될 수도 있었어. 알렉산더 해밀턴이 되어서 뉴욕 노예해방협회 설립을 도울 수도 있었어. 라듐을 발견하고, 러시모어 산에 조각을 하고, 불타는 건물에서 아기를 구할 수도 있었어. 하지만 넌 순식간에 늙어버렸고, 결코 영리해지진 않았지. 넌 그러지 않을 수 있었어, 안 그래 스팽키? 그런데 넌 그 능력을 너에게만 썼고, '때까치'니 뭐니 하는 헛소리를 뇌까리며 여기 들어갔다가 저길 유람하며 늙고 지치고 지루하고 중언부언하는 상상력이라곤 없는 머저리처럼 누군가의 손이나 얼굴을 물어뜯기나 했지.

그래, 내가 네 심상을 보려고 찾아왔을 때 넌 날 제대로 잡았어. 앨리도 잘 조작해놨지. 그리고 앨리는 날 잘 속였어. 아마 자기가 그러는 줄도 몰랐을 테지…. 네가 앨리의 머릿속을 들여다보고 내가 네

손 닿는 곳에 오게 만들기 딱 맞는 기술을 찾아냈을 거야. 잘했어. 훌륭한 솜씨였어. 하지만 나에겐 스스로를 고문할 시간이 1년 있었거든. 여기 앉아서 생각해볼 시간이 1년 있었단 말이야. 내가 얼마나 많은 사람을 죽였는지에 대해, 그게 얼마나 역겨운지에 대해서 말이야. 그러면서 조금씩 길을 발견했지.

왜냐하면⋯ 이게 우리 둘의 큰 차이인데 말이야.

난 무슨 일이 벌어지고 있는지 알아냈어⋯. 시간은 걸렸지만, 배웠지. 이해하겠어, 개자식아? 난 배운다고! 넌 못 배우고.

오래된 일본 속담이 있어. 난 이런 명언을 많이 주워섬겨, 헨리. 내가 책을 좀 많이 읽어서 말이야. 그 속담에 뭐라고 하냐면, '사실은 1년 경험을 스무 번 되풀이한 주제에 20년 경험이 있다고 큰소리치는 장인의 함정에 빠지지 말라.'"

그러면서 나는 히죽 웃었다.

"뒈져라, 멍청아." 나는 교도소장이 스위치를 누르는 순간 그렇게 말하고 빠져나가서 헨리 레이크 스패닝의 심상과 정신으로 들어갔다.

★

나는 잠시 앉아서 적응해야 했다. 내가 유람을 넘어서… 이런… '때까치' 짓을 하기는 처음이었으니까. 하지만 그때 옆에 앉은 앨리가 옛 친구 루디 패리스를 위해 흐느꼈다. 루디 패리스는 바닷가재 요리처럼 구워져서 나의, 아니 그의 얼굴을 덮은 검은 천 아래로 연기를 피웠고, 나는 내 새로운 심상의 먼 지평선 바깥에서 헨리 레이크 스패닝이었고 수천 명의 다른 괴물들이었던 존재가 불타면서 남기는 비명 소리를 들었다. 그리고 나는 앨리에게 팔을 두르고 가까이 끌어당겨, 그 어깨에 얼굴을 대고 안았다. 비명 소리는 오랫동안, 내 생각에는 오랫동안 이어지고 또 이어지다가 마침내 그저 바람만 남고… 사라졌으며… 나는 앨리의 어깨에 묻고 있던 얼굴을 들고 가까스로 말할 수 있었다.

"쉬이잇, 괜찮아, 자기야." 나는 중얼거렸다. "그놈은 스스로가 저지른 실수를 바로잡을 수 있는 곳

으로 간 거야. 고통도 없고. 조용한, 정말 조용한 곳
으로. 영원히 혼자 있겠지. 그곳은 서늘하고 어두
울 거야."

나는 모든 것에 실패하고 모든 것을 탓하는 삶
을 그만둘 준비가 되어 있었다. 사랑을 고백하고,
이제 성장해서 어른이 되기로 결정하고서 (그냥 빨
리 배우는 정도가 아니라 극도로 빠른, 누구도 나 같
은 고아가 그럴 수 있으리라 상상하지 못할 만큼 빨
리 배우는 사람으로서) 헨리 레이크 스패닝이 역사
상 그 누구보다도 더 강하게, 누구보다 더 책임감
있게 앨리슨 로슈를 사랑한다면 그랬을 마음으로
앨리슨을 끌어안았다. 나는 모든 것에 실패하는 일
을 그만둘 준비가 되어 있었다.

그리고 커다란 파란 눈을 빛내는 백인이 되니
훨씬 더 쉬웠다.

이제야 알았지만, 그건 내가 허비한 시간이 흑
인성이나 인종차별이나 과분한 능력이나 불운이
나 높은 언어구사력이나 심지어는 내 유람 '재능'
이라는 저주와는 큰 상관이 없었고, 다만 내가 내

심상 속에서 스패닝이 와서 으스대기를 기다리다가 알게 된 단 하나의 진실과는 관련이 있었기 때문이다.

난 언제나 자기가 다니던 길을 벗어나지 못하는, 그런 한심한 남자 중 하나였다.

그러니까 이제 겨우 나는 그 형편없는 검둥이, 루디 패리스에 대한 자기 연민을 멈출 수 있었다. 아마도 인간적으로 약해진 순간만 아니라면.

〈끝〉

이 이야기는 밥 블로치*에게 바친다.
그렇게 약속했으니까.

---

* 로버트 블로치, 영화 〈사이코〉, 〈공포의 환상〉, 〈칼리가리 박사의 실험실〉 등의 작가

옮긴이 이수현

작가, 번역가. 인류학을 전공했고 《빼앗긴 자들》을 시작으로 많은 SF와 판타지, 그래픽노블 등을 옮겼다. 최근 번역작으로는 《유리와 철의 계절》, 《새들이 모조리 사라진다면》, 《아메리카에 어서 오세요》, 《아득한 내일》, '얼음과 불의 노래' 시리즈, '샌드맨' 시리즈, '수확자' 시리즈, '사일로' 연대기, '문 너머' 시리즈 등이 있으며 《어슐러 K. 르 귄의 말》과 《옥타비아 버틀러의 말》 같은 작가 인터뷰집 번역도 맡았다. 단독저서로는 러브크래프트 다시 쓰기 소설 《외계 신장》과 도시 판타지 《서울에 수호신이 있었을 때》 등을 썼으며 《원하고 바라옵건대》를 비롯한 여러 앤솔로지에 참여했다.

돌로 만들어진 남자

초판 1쇄 발행   2024년 12월 15일

지은이	할란 엘리슨
옮긴이	이수현
펴낸이	박은주
디자인	김선예, 이수정
마케팅	박동준
인쇄	탑프린팅

발행처	(주)아작
등록	2015년 9월 9일 (제2023-000057호)
주소	07236 서울특별시 영등포구 의사당대로 38 102동 1309호
전화	02.324.3945-6 **팩스** 02.324.3947
이메일	arzaklivres@gmail.com
홈페이지	www.arzak.co.kr
ISBN	979-11-6668-856-0 03840